物怪 执

[日]仁木英之 / 著
佟凡 / 译

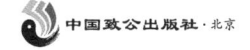

中国致公出版社·北京

京权图字：01-2024-3357
原著名：《モノノ怪 執》，
著者：仁木 英之
MONONOKE SHU
©Hideyuki Niki 2022
First published in Japan in 2022 by KADOKAWA CORPORATION, Tokyo.
Simplified Chinese translation rights arranged with KADOKAWA CORPORATION, Tokyo.
本书中文简体字翻译版由广州天闻角川动漫有限公司策划并由中国致公出版社出版。未经出版者预先书面许可，不得以任何方式复制或抄袭本书的任何部分。

图书在版编目（CIP）数据

物怪：执 /（日）仁木英之著；佟凡译. -- 北京：中国致公出版社, 2024.12
ISBN 978-7-5145-2061-3

Ⅰ.①物… Ⅱ.①仁… ②佟… Ⅲ.①短篇小说-小说集-日本-现代 Ⅳ.①I313.45

中国版本图书馆CIP数据核字(2022)第241233号

本书为引进版图书，为最大限度保留原作特色、尊重原作者写作习惯，本书酌情保留了部分外来词汇。特此说明。

物怪 执
WU GUAI ZHI

[日]仁木英之 著　佟凡 译

| 责任编辑：李 薇 | 责任校对：魏志军 |
| 特约编辑：李可欣　陈修齐 | 封面设计：周海珠 |

出　　版：中国致公出版社
　　　　　（北京市朝阳区八里庄西里100号住邦2000大厦1号楼西区21层）
发　　行：中国致公出版社（010-66121708）
邮　　编：100025
经　　销：全国新华书店
印　　刷：中华商务联合印刷(广东)有限公司
开　　本：787毫米×1092毫米　1/32
印　　张：6.375
字　　数：137千字
书　　号：ISBN 978-7-5145-2061-3
版　　次：2024年12月第1版
印　　次：2024年12月第1次印刷
定　　价：48.00元

本书如有印装质量问题，请与广州天闻角川动漫有限公司联系调换。
联系地址：中国广州市黄埔大道中309号 羊城创意产业园3-07C
电话：020-38031253；传真：020-38031252
官方网址：http://www.gztwkadokawa.com/
广州天闻角川动漫有限公司常年法律顾问：北京市盈科（广州）律师事务所

版权所有，未经书面许可，不得转载、复印、翻印，违者必究。
举报电话：010-82259658

目 录

第一话 镰鼬……………………………… 3

第二话 龟姬……………………………… 39

第三话 玉藻前…………………………… 73

第四话 文车妖妃………………………… 111

第五话 饕餮……………………………… 145

第六话 野箆坊…………………………… 173

第一话　　镰鼬

德右卫门

走街串巷,上门表演三河万岁的卖艺人,教他技艺的是严厉的父亲忠右卫门。"万岁"是一种一边吟诵咒语一边跳舞的技艺,原本用以驱赶危害农耕的虫兽、被除灾病、驯服破坏田地的精灵——鹿和蟹。在三河、尾张地区盛行的万岁表演名为三河万岁。

熊野神人玄海

精明,作奸犯科后依然若无其事继续旅行的男人。所谓神人,指的是领受伊势、熊野、白山等大社的神符后,寻访各地信徒,通过祈祷卖艺得几分赏钱,以此谋生的人。

傀儡师

丰前地区的人偶师。学习了内里内侍所御神乐[1]一派的技艺,以八幡神威为施主禳祸祈福。会一边吟诵祝词一边表演人偶戏。

角兵卫狮子

和儿子与兵卫一起表演越后狮子舞的舞狮艺人。

卖药郎

手持退魔剑,总是出现在有物怪气息的地方。

镰鼬

或用之，且以竹筒行咒之，则狐即入管，有问必答。(井上圆了《迷信解》)

第一话 镰鼬

※

年年祝昌盛之寿，

今朝迎璞玉之春，

实乃可喜可贺……

一间不蔽风雨的陋屋里，冬天的冷风从屋顶各处缝隙钻进来，屋里响起敲鼓唱歌的声音。地炉上一口缺了边的锅，勉强能带来一丝暖意。

在表演三河万岁的卖艺人德右卫门对面，他父亲忠右卫门正在低声吟唱新年祝词，德右卫门配合着父亲的歌舞敲鼓。鼓声本该与歌舞相和，却有些不稳。就在这时，父亲突然站起来，一拳打在德右卫门的脸上。

"要我说几遍你才明白？"

父亲身上汗水和污垢的臭味中夹杂着德右卫门鲜血的气味。

"这种表演怎么能讨到钱！"

德右卫门明白声音为什么不稳。

"我饿……"

话没说完，另一边脸又被打了。

"施主才不关心你饿不饿。我也饿了，去做饭！"

"你让我做饭，可家里没米啊。"

"没有就去买。"

"钱也没……"

忠右卫门拿起长柄勺从锅里舀了一勺热水,毫不犹豫地泼在儿子的脸上。德右卫门尖叫着满屋乱窜。

"没有米就去买,没有钱就去挣,要是没有挣钱的门路就去偷。你要让我说几遍!"

陋屋里热气升腾,德右卫门隔着朦胧的水汽,看着对面丑陋的半老男人的脸。男人露出一口黄牙,口中不停谩骂着。从他记事起,这个场景不知反复上演了多少遍。

他什么都没想,只是放空大脑,内心变得空虚。疼痛和恐惧全部消失,他万念俱灰地请求原谅。这样一来,父亲也会消气,只要以后小心别违抗他就好。

然而那天不一样。父亲揍得狠,斥责也无止境。疼痛不断在空虚的内心中叫喊,终于化为一股黑色的湍流,在本该空空荡荡的魂魄中卷起旋涡,而后一口气从嘴里喷出。

"这是……"

父亲在他眼前举起了什么东西。不是装满热水的长柄勺,而是一根细长的银棒,尖端像被打磨过一样尖锐,要是被那东西扎到,就算不中要害也会死。德右卫门心中愤怒和恐惧的湍流吞下了那根银棒。

等他回过神来,父亲已经消失了,只剩下一摊黑乎乎的血在陋屋中渐渐洇开。

一

戴乌帽子穿长袴[2]的年轻人随着鼓声载歌载舞。"东照大权现[3]统一天下之际,巡视诸国,以谋略之功得以通行于关东十七州,最终得以通行于天下。"鼓声是唯一的乐声,模拟各种器物之声祝福天下万物。这就是专门表演三河万岁的卖艺人。

"……祝家主代代享尽荣华。"

万岁乐结束后,德右卫门深深鞠了一躬,装着赏钱的袋子就放在他面前。他拿起来掂了掂重量,便慌慌张张地收起脸上的微笑。下一个出场的是熊野神人,正表情焦急地盯着他,仿佛在催他赶紧把地方让出来。

登门表演的卖艺人通常令人嫌恶。他们不能住在任何村子里,在旅途中借宿也不能住在上房。只有新年另当别论,每逢新年,富人会争相招揽卖艺人,为新年消灾招福。

"表演完的人这边请。"

村长的大总管彬彬有礼地出门迎接,这份热情真是出人意料。大总管将卖艺人带到上房喝酒吃饭,意味着家里有特殊的庆吊。对于拘束在村子里的人来说,不断旅行的卖艺人并非只能带来灾祸,也可能带走纠缠他们的祸患,带来福运。

"……农夫播种,乌鸦刨种。可要好好看着,别刨了别人的斗笠。只要如此,便能保国家安泰,家宅平安……"

熊野神人玄海吟诵完一段阿呆陀罗经[4],在现下这乍暖还寒的新春季节，他却满脸通红，流着汗朝德右卫门走来。所谓神人，指的是领受伊势、熊野、白山等大社的神符后，寻访各地信徒，通过祈祷卖艺得几分赏钱，以此谋生的人。

"当家的大人挺大方吧？"

"毕竟是得到管狐庇护的人家。"

德右卫门清点父亲的遗物时，发现他会在年初独自前往奥三河的一个村子。村子靠近三河与信浓的边界，在所有欢迎卖艺人的郡里，这个村子的村长是财富最甚的富农，据说他的财富源于"管狐"，管狐也被称为饭纲或镰鼬。德右卫门并不清楚父亲是如何知道此事的，只是看见父亲在记事本上写着这是新年必须拜访的地方，便来到了此处。

"年轻人，第一次来吗？"

"听父亲说过，就来了。"

"令尊忠右卫门已经过世了吧？"

"嗯，去年走的。"

"真是可怜。"

神人用沙哑的嗓音吟诵了一节《阿弥陀经》。

"请施主布施。"

"我可没请你念经。"

"卖艺人怎么能等人来请？"

神人说卖艺人就该主动上门，敲他一笔。他那双快被肉埋住的眼睛眯得更细了。

"我叫玄海,同是流浪的卖艺人,交个朋友吧。"

对这个人不能大意,德右卫门心生警惕。村民之所以不让卖艺人住在上房,就是因为他们都是奸诈狡猾之人。德右卫门的父亲和他自己都是如此。一旦近旁有人露出破绽,他们就会想尽办法捞些好处。

偷盗、犯罪,然后若无其事地继续旅行。德右卫门从没见过自己的生母,父亲说他是在路上捡来的,但德右卫门觉得,自己恐怕是父亲在哪个村子和女人偷情生的,或者偷来的。

"好想快点吃席啊。"

傀儡师在门口表演时,玄海就把胳膊撑在路边的石头上百无聊赖地看着。

"你表演的是三河万岁吧,从前你父亲表演得很出色。"

万岁是三河、尾张地区盛行的表演,原本是为驱赶危害农耕的虫兽、被除灾病而吟诵咒语,驯服破坏田地的精灵——鹿和蟹。后来,这种咒语和舞蹈演变成了逗乐的歌舞。

此时,角兵卫狮子正让他年幼的孩子在门口舞狮。

"你是三河人,我是纪州人,傀儡师来自丰前,狮子舞是越后的技艺,全天下的表演都汇聚一堂了啊。甚至还有个卖药的,那家伙好像是越中的吧。"

神人漫不经心地说着话。明明是新年,村子里却鸦雀无声,村长家门前摆着花哨的门松,有一丈来长,衬得村子愈发荒凉。

"听说这地方有疫病。"

德右卫门摘了一片路边的车前草含在嘴里。

"所以才会有卖药的大过年的在这里溜达。"

卖药郎看起来很年轻。脸上化着脸谱一样的妆，身上穿着华丽招摇的衣服，衣服上缀满翻涌的云纹。

"那家伙的药可值钱了。"

"你见过吗？"

"嗯。我从远江和他同路，他一路走一路救人。那个大箱子里装的药都不便宜。"

虽说是新年，天气却异常暖和，德右卫门擦了擦额头上的汗。熊野神人贪婪的眼神黏在了卖药郎的行李上。

"大家来吃年夜饭吧，客厅请。"

少主人邀请这群流浪卖艺人走进了宅院。

二

父亲没带德右卫门来过这栋宅邸。新年是卖艺人一年中生意最好的时候，然而这几年里，父亲偏偏在过年时命令德右卫门在家待着。德右卫门也请求过父亲为自己介绍几个新年时的贵客，结果总是讨来一顿打。

熊野神人率先甩掉木屐走进上房。德右卫门和负责收拾道具的角兵卫狮子的儿子走在一起。舞狮的孩子好奇地抬头盯着德右卫门，大概是没见过三河万岁艺人穿的正装。

第一话　镰鼬

"小弟弟，你是第一次来这里吗？"

德右卫门问道。少年摇了摇头。

"大哥哥，来这里一趟能赚不少钱呢。"

"你爸会给你零花钱吗？"

"他哪会给我钱啊。"

少年气鼓鼓地说完又笑了起来。父亲在时他明明一句话都不说，等到父亲的身影隐入上房，他倒突然变得啰唆起来。

"我叫与兵卫。"

舞狮的孩子报上姓名。越后那地方不仅没米可吃，也没有土地给流浪的卖艺人耕种。与兵卫甚至不能和村里的孩子玩耍，只能没日没夜地练习舞狮，从黎明练习到太阳落山。

练得好时父亲倒不会说什么，可一旦搞砸了就会挨打。他不想挨打，所以拼命练功，可表现好的时候也得不到任何表扬。

"干不下去了。"

与兵卫咬牙切齿地说。

"我小时候也被父亲带着到处演戏逗人笑，从来没觉得开心过。"

听了德右卫门的话，少年又笑了起来。

"流浪卖艺人就是这样吧。"

"不知道，我没怎么和其他卖艺人说过话。"

"我也是。"

德右卫门有三个弟弟。一个婴儿时夭折了，剩下两个不知道被卖到了哪里，如果还在身边，应该和角兵卫狮子的儿子境遇相同。德右卫门觉得与其被父亲当成奴隶使唤，在艰辛的旅途中过颠沛流离的日子，不如找个能遮风挡雨的杂物间住下。

"不过最近不一样了。"

德右卫门说完，少年露出诧异的表情。

"有什么高兴事儿吗？"

"老爸死了就高兴了。"

少年嘻嘻哈哈地笑了，但看到父亲从门口出来，他又立马收起了笑容，表情变得阴沉而冰冷，就像表演时佩戴的能面。他注意到卖药郎在观察两人对话。

客厅很宽敞，地板光可鉴人。新春时节，三河和信浓交界处还残留着浓重的冬日气息，寒风中盛开的山茶花却红得亮眼。

"这边请。"

一名管家模样的老人拉开大厅的纸拉门，邀请客人进入。宴席已经备好，桌上摆着鲍鱼、海带等寓意吉祥的菜肴，还有酒杯。

"这怎么好意思呢？"

熊野神人喜笑颜开。

"祝您年年岁岁永攀新高，福德聚，祸患除。"

管家一走，卖艺人们立刻扑向饭菜。

腌菜瓜、蜂蛹煮的夹生饭、海藻虾虎鱼卷等当地特色珍馐让众人欣喜若狂。还有一锅用白萝卜、芋头、豆腐炖出的"大乱炖"，也是想吃多少有多少。

"喂，万岁。"

与兵卫的父亲喝醉后凑了过来。

"你父亲怎么了，是死了吗？"

"嗯，去年冬天去世的。"

"不是去世，是死了。卖艺人的命哪有那么值钱，说什么去世，就是死了罢了。"

男人直勾勾地盯着德右卫门，把鼻子凑到他的肩头：

"你这家伙，身上有血腥味啊。"

"什么？"

德右卫门不动声色地与他拉开距离。

"是你杀的吧？别误会，我完全没有责备你的意思。但那家伙不是会病死的人。"

"旅途中谁知道会发生什么。"

"……啊，的确如此。什么都有可能发生。"

与兵卫的父亲咂了咂嘴，走到德右卫门对面坐下。卖药郎在他旁边沉默地吃饭。熊野神人和傀儡师好像是旧识，正在高声笑骂，卖药郎却没有要和任何人搭话的意思。

卖药郎坐得端端正正，身边放着一把短剑。按规矩，刀具都应该放在玄关，但这个男人并未如此。流浪卖艺人身份低贱，自然是不允许带刀的，不过防身或日常用的短剑可以随身携带。

可那把短剑还是很奇怪。剑鞘没有弧度，其上镶着五色宝珠，剑柄上的装饰不知是狮子还是恶鬼。德右卫门觉得那双眼睛在紧紧盯着自己，不由自主地移开了目光。

"喂，你那东西不错嘛。"

与兵卫的父亲毫不客气地开口，他想摸一摸那把短剑。而卖药郎看都没看他一眼。

"什么嘛，又不会少块肉。"

但男人伸出手拍到的却是空空如也的榻榻米，本该在那里的短剑不见了。卖药郎依旧静静端坐着，不像收起了短剑的样子。

"这家伙用了奇怪的法术。"

与兵卫的父亲又咂了咂嘴。

三

"是你不好。"

熊野神人责备他，

"不能碰别人谋生的道具，这是规矩。"

"卖药郎不需要这么华丽的武器吧。况且我们这个行当就没什么规矩不规矩的。"

角兵卫狮子不快地反驳了一句，接着又说要去厕所，就向房间外走去。可他拉开了纸拉门，外面的走廊上却还有一道纸拉门。

"真见鬼。"

他一再拉开纸拉门,却无法走进院子。他回过头,发现卖艺人们都诧异地看着他。

"你们看不见吗?"

"你在院子前转悠什么呢,酒喝多了糊涂了吗?"

熊野神人嘲笑道。

"那你去院子里摘一朵山茶花过来试试啊。"

"不花钱就想使唤卖艺人?"

"你要是摘来了,我今天赚的钱就分你一半。"

一说到钱,卖艺人就红了眼。熊野神人大胆地往走廊走去。可他拉开纸拉门走出去后,却只能在原地打转,一步都没法踏进眼前的院子。

"怎么回事?"

熊野神人生气地踢了一脚纸拉门。就在脚即将碰到纸拉门的那一刻,他不知怎的脚底一滑,头朝下摔了个倒栽葱。这间屋子有古怪。德右卫门回过神来时,身体已不自觉跑了出去。

冷风擦过他的鼻尖,他急忙停住脚步,伸出手指碰了碰鼻子,只见指头上沾着黏糊糊的血。

对于在大街上讨生活的人来说,察觉危机的能力和嗅到钱味的能力一样至关重要。盗贼的气息、野兽的埋伏、官差的搜捕、仇敌的杀意……都必须提前察觉。

如果没有能力嗅到加害者的气息或敌意,他们就会像街边的露水一样消失无踪。对于四处流浪的卖艺人来说，这是比傍身的技艺更需要掌握的能力。

眼下情况不妙。

既然不妙，就必须找到活下去的办法。只要自己能得救，牺牲任何人都可以。甚至就算牺牲自己的一条胳膊、一条腿也可以。

卖艺人逃命如此迅疾，他们保全性命的本能已经淬炼到极致。尽管丰盛的宴席和高昂的报酬让人心情愉快，他们依旧不忘保持怀疑，怀疑眼前的一切是不是陷阱。

他们每个人都是这样过来的，所以才能活到现在。此刻，这些卖艺人都惊讶得说不出话来。

"各位，"

开口的是熊野神人，

"我们四处流浪，应该都见过，也感受到过不属于这个世界的东西吧？我们知道世上会发生奇怪的事，来这里不就是为了亲眼见识那力量吗？"

熊野神人说话时，与兵卫的父亲正在寻找大厅四周的出入口。刚才的慌乱已消失无踪，为了逃出生天，流浪者们顽强起来。

可是尽管感觉敏锐，他们依然没有看透眼前的陷阱。新春明媚的阳光洒向开不完的纸拉门和无法穿越的走廊。卖艺人们沉默着面面相觑。

"你这人好奇怪。"

傀儡师盯着卖药郎的脸，只有他一人纹丝不动。

"这群人里只有你，我从来没见过。你是从哪里来的？是怎么知道这座宅子的?"

卖药郎默然端坐着。

"有物怪气息的地方就有我。"

"物怪?"

"那是什么,是妖怪吗?"

"表面相似,实则不同。妖存在于另一个世界,那里的理与这个世界不同。物是邪神,怪会在人身上作祟。物与怪以事态和心境为契机,与妖结合时,就成了物怪。"

"这里有那东西吗?"

傀儡师害怕地环顾四周,却只看到新春明媚的阳光照进屋内,完全感受不到怪异的气息。

"就是那个叫物怪的家伙把我们关起来的吗?如果是这样,要怎么逃出去啊?喂,你知道些什么吧,所以才这么平静。"

卖药郎依旧没有看傀儡师:

"有入口就有出口。"

他仿佛在喃喃自语。

"那出口在哪儿啊?"

卖药郎悄悄把嘴凑到凶狠咆哮的神人耳边,低声说了些什么。神人皱起眉头躲开:

"什么真和理,不明白!"

他语气凶狠,不顾自己已露出了异样的神色。

四

德右卫门偷偷看了一眼卖药郎。自从进了这座宅子，他的神态和表情丝毫没有变过。这个男人知道会发生什么，也明白为什么会发生这一切。

要想得救，唯有跟在认路的人身后。不过，要这条路可靠才能得救，假如跟随了骗子或故弄玄虚之人，则是死路一条。

要不要在这个男人身上赌一把？不……

还有太多事情没弄清楚。卖艺人被集中关在这里。每个人都衣着光鲜，却囊中羞涩。衣衫褴褛的样子不受待见，所以他们会精心打理衣服表面，内里却全是寒酸的补丁。

但是这个卖药郎……

德右卫门盯着他的袖口，完全看不出旅途奔波的仆仆风尘。不知道他走了多远的路，但那身衣服看起来简直像是刚做的崭新衣服。就在此时，那只袖口突然伸到了德右卫门面前。

"我……我又没看你。"

"看。"

"看什么？"

"形、真、理。"

袖口上的云纹卷起旋涡，就像一只巨大的眼睛，紧紧盯着德右卫门。德右卫门发出一声尖叫，一屁股跌坐在地。熊野神人见状发出嘲笑：

"吓死了吧？你要是死了，身上的衣服就归我了。"

这种时候他还不改贪婪的本性。德右卫门听了他的话,反而冷静下来。

"那你要是死了,脖子上那串大念珠就归我了啊。虽然看着是串脏兮兮的木珠子,但应该也有几颗是金珠吧?"

和尚的表情僵了一瞬,开口道:

"我运气向来很好,才不会落到你父亲那种下场。"

此时,走廊上有人走了过来。卖艺人们开始警觉,不知道接下来会发生什么。只见一个身材魁梧的男人出现在走廊上,不是管家。他戴着黑狐面具,面向纸拉门站着。德右卫门本以为卖艺人们会冲他发几句牢骚,却见其他人突然拜倒在地:

"恭祝施主新年快乐。"

德右卫门才意识到这是宅子的主人,也慌慌张张地伏下身。

"今年也承蒙您热情款待,不胜感激。不过我等似乎正被妖术纠缠,还请施主大发慈悲,伸出援手。"

装模作样的腔调里透着一丝紧张。被称为施主的宅邸主人慢条斯理地开口,声音从面具下方传出:

"我家乃是管使之家。去年正月,有人偷走了我家的传家宝。"

听了主人的话,卖艺人们面面相觑。

"管使之家与居于家中的神兽'饭纲'一荣俱荣。我家繁荣则村落繁荣,若我族人身体康健,村民便不会受伤病瘟疫所苦。可是……"

主人加重了语气,

"去年正月,上门表演的卖艺人中出了个无礼的家伙,偷了我家的传家宝。"

德右卫门去年正月并没有来。而其他人都在互相偷瞄，观察彼此的表情。

"什么传家宝？"

德右卫门压低声音，询问跪伏在他身边的角兵卫狮子。他感觉卖药郎正盯着自己，心下一阵慌乱，但还是想知道传家宝究竟是什么。

"既然是管使之家的传家宝，应该和镰鼬有关吧。"

德右卫门听过镰鼬这种妖物，据说它常与狂风一同出现，能割裂人的身体。人行走在山中，有时会不经意受伤，大部分是被草木的尖刺或虫子的利针划伤的，可有时也会出现又大又深、无法解释的伤口。

山里人和街头的流浪者称这种妖物为"饭纲"或"镰鼬"。卖药郎的嘴角隐约浮现出一抹微笑，转瞬又消失了。

五

"也就是说……"

熊野神人愁眉苦脸地转过头冲一行人说。

"窃贼在我们之中，如果找不出来，我们就不能走出这座宅子，对吧？"

"说不定你就是窃贼。"

傀儡师奚落道。闻言——

"乱说话是要遭报应的，我可以借助熊野权现的力量，把你从前的所有恶行一桩一桩地揭露出来。"

熊野神人瞪大双眼回击他。

"我会怕你吗?"

两人互相怒瞪着,宅子的主人忽地抬起手制止他们。他挽起袖子露出结实的手臂,手臂上有无数道伤痕。

"我并不打算为难偷走饭纲之管的人。"

主人如是说。

"山精、妖……我不知道该如何称呼那股力量,但它并非只属于我的家族。如果有合适的人能与我们共同使用饭纲的力量,我愿与他共享荣华。"

德右卫门怀疑主人是为了让窃贼认罪才花言巧语诱骗他们,便心生戒备。其他卖艺人也是如此。

"施主,要想与您共享荣华,该怎么做才好呢?找出偷走施主宝贝的贼人,让他认罪吗?"

主人摇头否认神人的猜想。

"过去,我族祖先来到这片土地后,之所以得此荣华,是因为身怀技艺。只有受人尊崇,技艺精湛到足以与饭纲为友的人,才能离开这座宅子。"

"要凭技艺一决胜负啊……"

既然如此——卖艺人们立刻四散开,各占据房间的一个角落,互相瞪着。

"等等。"

不知何时站在大厅中央的卖药郎忽然出声,

"表演前先决定顺序，要表演值得一看的技艺。"

"不能随便演演……确实。不过，技艺的高低要由观众来评判吧？就算我的技艺再出众，恐怕这些家伙都不会认可。"

熊野神人怀疑地环顾四周。

"我族祖先获得管狐的力量时，是饭纲亲自认可了我族的技艺，把力量借给我们。这个大厅就是饭纲的住处。谁的表演能被饭纲认可，他就会受到恩惠。"

如此说着，主人慢慢消失在了走廊的另一端。

"哼，他自己倒置身事外了。"

神人咬牙切齿。

"背后说人坏话，小心被人听到哟。"

"我又没说是谁。"

神人皱紧眉头反驳傀儡师的挖苦。两个人又开始互相瞪着。于是便从他们两人开始表演。

首先上场的是傀儡师。一个两尺高的幼童人偶在傀儡师的操纵下翩翩起舞，卖药郎兴致盎然地眯起眼睛。

"献丑了。我的傀儡继承了内里内侍所御神乐的技艺，以八幡神威为施主禳祸祈福。既然要在这里比拼技艺，就让你们看看我术法的奥秘吧。"

傀儡师开始低声吟诵歌谣，听起来像八幡祝词，又像真言咒语。操纵傀儡的线渐渐消失，人偶开始独自表演。

只见一个男人躲避着别人的视线，想偷走什么东西，幼童人偶变成了一个大胡子和尚。

熊野神人脸色一变，那和尚和他长得一模一样。傀儡变化的神人在宅子里来回搜寻，绕到了土仓背后。那里有一个神龛，熊野神人把手伸进神龛，偷偷拿出了什么东西。是一根又黑又细、毛笔大小的管子。

"真是了不起的技艺。果然是那家伙下的手。"

"爹，那是人偶变的啊。"

"……我知道，你别啰唆。"

被父亲一瞪，角兵卫狮子的儿子怯怯地缩了缩脖子。德右卫门偷偷让男孩看了一眼怀中的短刀刀鞘，男孩脸上的怯色消失了，露出一个微笑。

扮成熊野神人的人偶从神龛里偷出管子后，若无其事地回到原处表演技艺，一只小乌鸦却开始纠缠它。

乌鸦用喙和爪子冲扮成熊野神人的人偶又啄又抓。人偶的变装渐渐脱落，变回了傀儡的模样。傀儡师俯身上前想保护人偶。

"你……你要对我的谋生道具做什么？"

乌鸦啄伤了傀儡师的头，鲜血流了下来。

"活该，谁让你借着半吊子人偶剧栽赃我。我可是将熊野三山的庇佑带至各地的人，曾在熊野神面前立下武人的誓言。"

你可清楚这一点？熊野神人得意扬扬地捋了捋胡子。

"熊野众神绝不纵容谎言。你竟敢假扮成侍奉熊野神的我。"

乌鸦变作熊野神符，回到了神人手上。德右卫门看得心中惊讶不已。熊野的信徒声称熊野神格外灵验，但他一直以为这说法言过其实。

"这就是你污蔑我的代价。"

熊野神人将一把神符抛上天，神符汇聚一处变化成一只大乌鸦，追着傀儡师不放。

"我可不想跟你们一起死在这种吓人的鬼地方，算我输好了！"

傀儡师紧紧抱着人偶认输了。

"决定技艺高下的，究竟是追求技艺之道的纯粹志向，还是翻滚的欲望浊流呢……"

六

"哦，反败为胜了。"

一直把头枕在胳膊上看戏的与兵卫父亲突然直起身子。大乌鸦穷追不舍，张大嘴打算发起最后一击。但刀刃般的漆黑鸟喙还未刺穿人偶，它的四肢就四分五裂了。

"轮到我们了。你想清楚了吗？"

说完，他挑衅地看着德右卫门。德右卫门一脸疑惑，不知道要想清楚什么。主人说技艺高超的人能得到饭纲的庇护，离开这间大厅。傀儡之术和熊野法术似有神力，但三河万岁不过是唱着吉祥话祝寿的表演罢了。

父亲什么都没有教给他。

此时此刻，怒气再次涌上德右卫门的心头。如果有这样的法术，父亲至少应该带他入门才对。但他就是个只顾满足自己欲望的男人。可不管怎

第一话 镰鼬

么样,他现在必须表演技艺,否则就无法活着出去了。

"那就我们先开始吧。与兵卫,准备。"

与兵卫戴上小小的狮子头,轻巧地翻了个跟头。

"新潟越路名产不计其数……"

父亲用沙哑的声音念着开场白,接着又唱起越后风情的、编入祝词的歌谣,小小的狮子随着歌谣起舞。

"昼眠于陋室入口,梦见繁花盛开。我在梦中占卜,越后狮子虽未身负牡丹,亦奋力跳出最后一舞,让富贵之花盛开,最后一舞,让富贵之花盛开……"

精彩,或更准确地说,令人心痛。

熊野神人用手打着拍子。傀儡师仿佛失了神,愣愣地盯着坏掉的人偶。长年累月精心雕琢的谋生道具被毁坏,对卖艺人来说恐怕无异于杀了自己。

"形已现,轮到真和理了。"

一直沉默着的卖药郎对德右卫门开口。德右卫门问他是什么意思,他并不回答。既然必须比拼技艺,那也只有硬着头皮上了。德右卫门定下心神,站在了台上。万岁由两人表演,其中有对话,有时需要一人伴奏另一人唱。

德右卫门没这个本事一人包揽。没有伴奏的万岁显得古怪,就在这时忽有鼓声传来。声音的来处,只见卖药郎"咚、咚"的一声声轻敲着鼓。

"喂喂喂,怎么还带帮手的啊。"

角兵卫狮子抱怨道。

"重要的是双方公平比拼技艺。"

卖药郎平静地回答他，角兵卫狮子考虑了片刻。

"行吧，就让他占点便宜。"

德右卫门回头看向坐在鼓前的卖药郎，见他倏地举起鼓槌，急忙面向前方开始念开场白。

三河万岁有多个流派，德右卫门这一派要先向观众讲述万岁的由来和作用。在很多表演中，开场白只是附属物，德右卫门的父亲却对此尤其重视。

"唱词唱的是什么不重要，反正没有人真的会听。"

但如果开场白垮了，观众就不会掏钱。照这个道理，就算内在残破不堪，表面也必须拾掇得光鲜亮丽、干净整洁；无论万岁的唱词如何，开场白都必须吸引人。

"千年吉祥寺，新年到来，在这值得庆贺的日子里，不才我前来参见，来参见啊来参见。据太夫所说，不吃不喝就能一步翻越富士山，一步跨越骏河海……"

说开场白的时候，德右卫门想起了来这里的目的。"饭纲之妖""物怪"什么的都无关紧要，重要的是说一番吉祥话赚钱。

"恭祝您家宅安宁。东西南北中，五神守护。御门祭三座塞神[5]，驱除祸神……"

万岁并非说说吉祥话便了事，重要的也不只是开场白。万岁之中还存在着驱祸招福的力量。

卖药郎的鼓敲得格外好，德右卫门的万岁表演也渐入佳境。但忽然间，一头比人高的狮子挡在了面前，似乎要阻挠他。在卖药郎的鼓声中，德右卫门的万岁与狮子舞两相交缠。

万岁歌唱世间喜乐，狮子露出尖牙拒之，齿间有若隐若现的火焰。角兵卫狮子满意地看着狮子疯狂的模样。

"压上去！"

他发出命令。

狮子扑向德右卫门，他险险避开狮爪。心中突然升起一阵恐惧，他想停止表演，但卖药郎的鼓声不允许他停止。

阻止他逃跑的不是别的，正是令他想要逃跑的狮子。狮子的爪子和牙齿就在德右卫门眼前划过。德右卫门不懂什么武术，只能一边唱着万岁一边东倒西歪地躲避。

不过，尽管狮子做出袭击的样子，却还是留了分寸。突然，狮子的表情开始痛苦地扭曲，是角兵卫狮子挥舞着鞭子抽在了狮背上。

"你在干什么，还不快吃了他！"

可狮子却发出一阵阵低吼，吼声中似有胆怯和愤怒，仿佛在反抗。德右卫门的万岁声中带着颤抖，见此情景，角兵卫狮子大声称快。

"赶鸭子上架的技艺上不了台面。比起来，我儿子的技艺如何？这可是我精心栽培的成果。"

被鞭打的狮子瞪着血红的眼睛看着德右卫门，万岁的唱词能够化凶为吉，化吉为凶。胆怯变成了勇敢，狮子瞪大了眼睛。

"吉利吉利……斩杀斩杀……"

狮子缓缓转向父亲。父亲慌乱之中拼命挥舞鞭子。狮子被抽得鲜血淋漓，但之前的胆怯已经消失不见。狮子肩膀的肌肉在盛怒之下隆起，恐惧淹没了父亲的脸。

这场较量是你输了，被变成狮子的儿子吃掉，离开这个世界吧。德右卫门冷冷地想。此时，突然有话音响起，是敲鼓的卖药郎停了手。

"先停止表演的人输。"

狮子变回了孩童的模样，肩膀因剧烈的喘息而起伏。他走到小便失禁、抱头颤抖的父亲身边，微笑着伸出手，又挥开父亲想要回握的手，催促父亲把鞭子递过来。

七

"最后一决胜负的竟然是我们俩。"

熊野神人满脸自信。

"你那点本事不可能赢得了我。做个交易如何？输了这场比试，今后恐怕就再也不能表演技艺了。反正你的三河万岁需要搭档，但那个卖药郎不可能一直跟你配合。"

德右卫门回头看了看，卖药郎坐在鼓前一动不动。他微微低着头，看不清表情，但看起来，一直到离开这个大厅之前，他都愿意配合。

"利用角兵卫狮子的儿子，这招是挺聪明的，但现在你该清醒了。"

熊野神人站起身，开始朗声吟诵祝词。又小又黑、像虫子一样的东西随着他的祝词在空中飘荡。德右卫门情不自禁地伸出手，那东西轻轻落在他的掌心，仔细一看，是一只三足乌鸦。

"这和刚才袭击人偶的乌鸦不一样吗？"

"没什么不一样的。熊野众神从不纵容谎言。若你对施主的祝福有假，神鸟就会用利喙刺穿你的五脏六腑。"

刚才与傀儡师的一战已经证明神人这话不是虚张声势。三河万岁有好几个台本。新年唱的吉祥曲目里不可能有假。德右卫门回头看向卖药郎，他已经举起了鼓槌。

既然自己是表演三河万岁的卖艺人，那就只能表演这个了。

德右卫门配合卖药郎的鼓声张开双臂，模仿象征长寿的仙鹤，说着祝愿施主新年幸福的吉祥话。好几只三足乌鸦在他头上飞舞。

"你有资格奉上新年祝福吗？"

熊野神人向空中抛出几张神符，神符变成一面镜子，映出德右卫门的身影。德右卫门正唱着欢快的万岁，一个人影在他身旁浮现。

"看见了吗，那个苍白的人影不就是潜藏在你心底的虚伪吗？"

人影渐渐变成了身着盛装的高大男子，正在低声唱着些什么。这是德右卫门熟悉的身影，他正独自面向虚空唱着万岁，声音并不像在施主面前表演时那样开朗明快，而是阴郁又含糊。

这是父亲练习的方式，如果练得不顺心，就会对他拳打脚踢。当父亲背对他时，德右卫门绝对不能出现在父亲面前。此时，父亲唱着不知名的歌谣，弓着背，手上不知在摆弄什么。

德右卫门心怦怦跳着，仿佛正在触犯禁忌。他缓缓靠近父亲的背影。

父亲总是瞒着他什么事，每当他靠近那个秘密，哪怕不是故意的，也会迎来一顿暴打。

可是今天，父亲明明感觉到儿子在靠近，却没有停下手中的活儿。德右卫门越过父亲的肩膀偷偷看去，只见父亲握着一根细细的银棒。棒子是中空的，父亲举起来望向小孔，能看见小孔的对面有一小团光。

那团光中有熊野神人的身影。神人从父亲手中接过银棒，满意地端详着。

"你看到了什么？"熊野神人问。

"细细的、空心的棒子……还有你。"

德右卫门明明不想回答，声音却不听使唤。镜中的父亲手里拿着的银棒，就是饭纲——也就是管狐居住的管子吗？

"看来就是你父亲偷的！"

神人不顾自己也出现在镜中，大喊道。

"在熊野众神面前认罪吧。既然你父亲不在这里，就由你来认罪，承认是你偷了饭纲的力量吧。"

是这样吗？德右卫门茫然地回头，看着敲鼓的卖药郎。不绝于耳的鼓声牵着他朦胧的思绪，让他勉强保持清醒。

配合着打鼓的节奏，卖药郎的嘴唇动了：

"形……真……理……"

该怎么做才好呢？德右卫门感到困惑。他看着熊野神人得意扬扬的表情，一段记忆从模糊的意识中涌出。那是父亲和卖艺人们在新年时聚在这里的原因。

饭纲已经现形。但是"真"究竟是什么？熊野神人一直追问真相，他难道不知道自己做了什么吗？德右卫门向眼前的镜子伸出手，猛地将它翻了个面。

八

"你干什么……"

"你和我父亲是同伙吧？"

德右卫门的质问令熊野神人一时语塞。他没有看镜中的自己，只想逃离大厅。但镜子碎裂开，碎片化作漆黑的箭射向他的后背。看着动弹不得的神人，德右卫门忍不住嘴角上扬。

掌管全村财富的力量落入手中。他明明不想笑，却笑得停不下来，直笑得流出眼泪，把肚子里的东西都吐了个干净。鼓声渐渐低沉，鼓槌仿佛敲打在他的身上，他浑身颤抖，喘不上气。

他张大嘴想呼吸空气。全身仿佛一个密封的袋子在不断膨胀，喉头受到压迫，迫使他张开嘴巴。

"做得……不错。"

这声音有些嘶哑，但他仍然觉得熟悉。

"为什么……"

嘴巴似乎被什么东西塞住，德右卫门发不出声。

"饭纲居于'管'中，'管'附身于人。被管附身的人，其魂魄必须有能容纳管的空隙。魂魄的空隙就是愤怒、憎恨以及断念……"

德右卫门听到自己下颚骨脱落的声音。父亲对他百般折磨，就是为了让他成为饭纲的容器吗？

"别恨我。这是祖先的愿望。要拿回被抢走的宝物必须有牺牲。"

听着父亲的声音，德右卫门身体融化般跌坐在地。他坐在地板上，只能看到父亲的脚。父亲双脚间有黑鼠一样的东西一闪而过，飞进了他的嘴里。

"我族祖先曾住在这村子里，在饭纲的庇护下过着富足的生活。但是有一年，一个上门卖艺的夺走了饭纲的力量，把我们赶出了村子。我们的族人四散各处，成为卖艺人积攒咒力，为夺回饭纲再次聚集在这里……"

德右卫门全身灌满了力量，狂风在大厅中横冲直撞。这就是饭纲的力量，能够任意操控人类财富和命运的精怪之力。但就在这时，突然传来一声脆响。

是狮子咬紧牙关驱除邪祟的声音。但发出声音的并非舞狮狮头，而是嵌饰华美的短剑剑柄上的狮子，它正盯着德右卫门。卖药郎握紧短剑摆开架势。

"卖药郎，你还藏着这么一手啊。"

父亲已经无法保持人形。卖药郎身上的衣服也消失了，露出魁梧的肉体，浑身缠绕着蛇一样的纹路。

"你从哪儿听说了饭纲的事？我谁都不给！"

父亲龇着长长的门牙咆哮道。接着，本应被纸拉门封死的大厅掀起一阵狂风。狂风扫过脸颊。德右卫门用手一碰，手指的皮肤啪的一下裂开了。

风刃化作看不见的暴风雨，袭向卖药郎。

"你剑都不拔就想对抗饭纲的力量吗？"

父亲四周现出无数饭纲的影子，下个瞬间，卖药郎的四肢鲜血四溅。

"'真'已现，但'理'不足。"

卖药郎呻吟着说。说话间，他被风刃所伤，终于双膝跪地。德右卫门想帮他，身体却动弹不得。

"不足的是你的本事。只要得到饭纲的力量，就能永世富贵。我会重新娶妻，繁衍子嗣，建造我自己的王国。就像我族祖先那样，就像夺走了饭纲的这屋子的主人一样！"

既然父亲已变成了妖，自己则变成了父亲的"管"……德右卫门竭尽全力想站起来，却使不上力气。父亲离开后，他的肉体就变得像空袋子一样失去了支撑。

"没有那个浑蛋老爸，你就什么都做不了了吗！"

德右卫门骂自己。父亲看着他，只是冷冷地笑着。

"别担心，下次我一定找个像样点的女人，生个新儿子好好疼。"

自德右卫门懂事时起，同样的话他已经听父亲说过无数次。父亲养他只是为了赚钱，不，父亲甚至没有把他当人看待。还不如败给熊野神人后紧抱人偶的傀儡师有情有义。

我要再杀他一次。

空荡的躯壳之中卷起强烈杀意的旋涡。杀意变作吞噬一切的黑暗湍流填满他的身体。傀儡师和人偶、角兵卫狮子父子、熊野神人和神符、变成丑陋异形的父亲都成了这躯体的一部分,被填满的躯体正在变化成某种崭新的东西。

这就是"饭纲"……

是深山村落的生活、贪图小钱的流浪卖艺人的欲望、我执[6]把山精变成了不祥的物怪吗?

"理,已现。"

剑柄上的狮子咔嚓一声咬紧牙关。剑士全身缠绕蛇纹的身影突然在德右卫门面前放大。剑光一闪,放射出比金丝锦缎更加耀眼的光芒。

※

村外一座简陋的房屋前,是一块几反[7]大的荒芜田地。沿着山坡开垦的田地一片荒芜,一个青年独自在一人高的草丛中挥舞铁锹。

"哥哥,休息一下吧。"

在房前晒豆子的少年招呼道。

"你还不习惯做农活嘛。"

"春天之前必须得耕好地啊。"

与兵卫一边听德右卫门说话,一边在树桩前翻跟头。

"我还以为没有比卖艺更辛苦的事了,原来做农民也这么辛苦。"

"我倒是挺喜欢这种生活的。"

德右卫门放下铁锹擦了擦汗。奥三河早春的风很冷,不过在阳光下与泥土一番较劲后,他还是出了一身汗。德右卫门轻轻碰了碰腹部的伤口。卖药郎的剑明明斩断了他的身体,他却活了下来。

那一剑砍下之后,卖艺人们倒在朽烂的大厅各处,卖药郎又变回原本的模样端坐在大厅里。当卖药郎扛起行李准备离开时,德右卫门问他发生了什么。

"物怪现身,我便将其斩杀。"

卖药郎只回答了这一句话。

侥幸捡回性命的卖艺人们悄然离去,对表演技艺已无留恋的人则留在了村子里。饭纲的庇护已经不在村长的宅邸里,也不在德右卫门的肉体里了。但他感受到了前所未有的满足。

---

1 神乐是招待神来欣赏的音乐歌舞,内里内侍所御神乐是在宫廷内侍所上演的宫廷神乐。
2 戴乌帽子穿长裤是万岁艺人的一种装束。
3 东照大权现指德川家康。
4 阿呆陀罗经:(江户时代)讽刺时事的俚谣。
5 塞神:也叫仁王,右手持长刀,仁王的神力也会帮助人们躲避灾难、祛除妖邪。
6 我执:佛教用语,指痛苦的根源,轮回的原因。
7 反:日本面积单位,1 反约为 991.7 平方米。

第二话　　龟姬

加藤嘉明

会津藩前任藩主。德高望重的名将、名君。

堀主水

追随会津四十万石[1]主君加藤嘉明,在主君亡故后,对朋友保田采女道出了"会津藩猪苗代湖怪事"的实情。

加藤明成

加藤嘉明的长子,会津藩藩主,被猪苗代妖怪蛊惑。

堀边主膳

会津藩家老[2],猪苗代城城主。加藤嘉明正妻之父。为镇压妖怪舍身成仁。

堀边石右卫门

堀边主膳之子。与佃家因政见相左而对立。猪苗代怪事的传闻出现后,他为解决怪事做了诸多准备……

佃三郎兵卫之女·善

会津藩家老之首佃十成之子三郎兵卫的女儿名为善,善本有婚约,但未婚夫病故,此后便有传言说善是不祥的女人。善喜欢石右卫门。

龟姬

　　竟连猪苗代的龟姬都不知，汝今气数已尽，且不知何时转运。汝命数亦尽。（会津奇谈集《老媪茶话》）

第二话 龟姬

※

人死如露逝。

堀主水侍奉的主君加藤嘉明卧在病床，对前来看望的老臣说了和过去一样的话。不知他对其他家臣是否也说过。不过自年少结为挚友时，到历经数十年战争岁月的今日，他一直对自己说着这番话。

年轻时，堀主水觉得加藤嘉明说话虚幻难懂，可是当两人一同老去后，这句话却带上了别样的意味，深深刻进他的心里。

病床前弥漫着药香，房间一角，相貌奇异的卖药郎正在配药。尽管他外表与众不同，出现在这里却不显得突兀。

"要铭记，人生如朝露。"

主君开口拉回主水的注意。加藤嘉明出生于三河，善使长枪，是"贱岳七本枪"[3]之一，在战争中渐渐崭露头角。他还曾在琵琶湖学习水运之法，善于调度水军，领命作战时不论水陆无往不利。

堀主水在嘉明当上侍大将[4]前便已投入他麾下。

自那时起，主水便坚信为主君开疆拓土是自己的使命，为此不惜粉身碎骨。面对任何敌人，他都会举起长枪，献上计策。

乱世中有许多如鲜花般盛放的武士。嘉明越是位高权重，看到眼前多如繁星的名将，越觉得心中无法平静。

"人死如露逝。"

嘉明第一次体会到这句话的含义，是在他追随多年的枭雄去世之时。那位枭雄对他多有提拔，本以为嘉明会继续追随枭雄的继承人，结果他却开始接近下一位当权者。

武士可以因故易主。但士为知己者死是理所应当，至少主水就是出于对嘉明的这种"义"才忠心追随。他以为嘉明亦是如此，可他的主君却摇了摇头。

事实证明嘉明的决断是正确的。认准了天下新主的嘉明一路奋进，最终得到会津四十万石的领地。哪怕在年华老去身体衰弱之时，依然亲自执掌领地的经营大权。

步入晚年后，他却说自己是露水。

主水下定决心，开口请教自己的主君：

"您总说人死如露逝，请告诉我其中的含义。"

"你相信世上有不老不死之物吗？"

"您是指神佛吗？"

"除此之外还有……比如徘徊在山野中的精怪，以及仙鹤、乌龟等等。在他们眼中，我们这些汲汲营营、谋取天下的人都是微不足道的。"

主水心生敬意，或许正是这份谦逊使嘉明从未误入歧途。

"会津也有这种非神非妖之物，你知道吗？"

"不太清楚……"

"在百姓眼中，'他们'才是这片土地真正的主人，绝不可轻慢。"

主水认为主君是在告诫他不可傲慢,遂将这番话谨记在心。

"你与我经历过多次战火的考验,应该明白……我们不是什么天下豪杰,不过是一滴露水。可如果没有一滴滴露水,便不会有天下。露水虽然弱小,但倘若没有这一滴滴露水,便不会有天下。"

嘉明第一次对主水说这些话。

"我并不是要你做一滴露水。只不过,我这辈子注定只是天下的一滴露水,迟早要回到这方天地。"

在主君说话间,像木雕般端坐一旁的卖药郎静静地将调好的药汤倒入碗中。后来主水回忆往昔才意识到,在加藤嘉明年至六十九岁离开人世之时,自己依然没能理解这位主君的想法。

一

"事情麻烦了。"

加藤监物[5]叹了一口气,把一本账本推到主水面前。

加藤家的重要人物正齐聚会津藩中枢若松城的大厅,每个人都神情严肃。在场的有嘉明的次子——监物加藤明信,嘉明的岳丈堀边主膳,家老之首佃十成之子佃三郎兵卫及堀主水四人。

继承家督[6]的是嘉明的长子加藤明成,父亲死后,他成为会津藩藩主,继任不久就严令家臣加紧修建若松城,理由是若对地震中倾斜的天守阁[7]不管不顾,会在天下人眼中颜面尽失。

45

嘉明认为天守阁倾斜并非大事，所以省下了修缮经费，可明成与父亲不同，他希望将若松城建成奥羽[8]第一名城。

"都普请[9]绝不能有任何差池，否则如今的幕府会毫不留情地罢黜我等的武士身份。虽说托前任主君的福，幕府对我等颇为信任，但绝不能大意。"

加藤监物没有掩饰话中的焦虑。他和兄长明成一样，器量与父亲有天壤之别，虽然明信凭借先主次子的身份坐上了元老之位，可主水对他的评价并不高。

"若松城的事应该放在都普请之后。"

堀边主膳用久经沙场锤炼出的低沉声音反驳道。

"必须有人告诉主君。"

佃三郎兵卫和主膳的目光激烈交锋。会津藩藩主加藤明成的方针很明确，要建一座让各方诸侯眼前一亮的城堡，让若松城成为奥羽第一名城。可是负责藩内政务的家臣们很清楚，现下无法两全。

"我等元老必须统一意见，告诉主君此事难以完成。"

监物压低声音说。

"奉命行事是我等的本分。既然主君的命令是都普请和修建若松城都要做好。我们就该想方设法令他如愿。"

和监物不同，三郎兵卫年轻气盛，话语中透着主君近臣独有的自负。

"堀大人有什么想法？"

"先主自幼就不惧危险，不会放过任何良机。效忠丰太阁[10]时，先主曾远赴千里之外参战，战功赫赫，在异国战场上对敌人穷追不舍，杀上敌

第二话 龟姬

军大船,立下头等功。"

堀主水说这番话是想压一压年轻家臣的气势。

"您的意思是?"

"我认为既然这是让加藤之名享誉天下的好机会,就不该放过。"

"说得没错。我等既和主君一起守护会津藩,就必须恪尽职守。"

"绝无二心?"

主水盯着三郎兵卫,只见他自信地挺起胸膛说了声"那是当然"。

商讨结束后,主水叫住了三郎兵卫。

"我有话要私下跟你说,到我屋里来。"

主水带着三郎兵卫向堀家的宅邸走去。两人很快就走到了宅院前,主水却突然停下脚步。他闻到了一股浓郁的香气。一个衣着华丽的男人背着巨大的箱子从眼前跑过。当主水想起他就是主君床边的卖药郎时,那人已经失去了踪影。

两人身后也有人偷偷跟着,他见两人走进堀主水的宅院,便直接穿城而过,向佃家的宅邸走去。那是一个身材纤细的年轻人,斗笠压得很低,遮住了眼睛,腰间只挂了一把太刀。

年轻人绕到宅院后,躲在树荫下避人耳目。他抬头望向天空,太阳微微西斜,城下迎来了短暂的宁静。政务告一段落,在商铺间往来运货的车马也歇息了。

年轻人突然从树荫下走出,木门打开,仿佛在接应他。门里伸出一只手,将年轻人拽了进去。不一会儿,门里传来唇舌交缠的吮吸声,粗重的呼吸

47

持续了好一阵。

"善……好难受……"

瘦小的年轻人被紧紧抱住,因喘不过气而发出呻吟。姑娘发现后,不好意思地松开了手。隔着衣服也能看出姑娘身材丰满,但她的长相依然稚嫩。

"石右卫门大人,我好想你。"

"我也是。"

堀边主膳的儿子石右卫门和佃三郎兵卫的独生女善两情相悦。石右卫门随父亲拜访佃宅时对善一见钟情,两人的恋情就是从那时开始的。

善原本已被许配给地位仅次于四名元老的家老之一——中岛七兵卫的嫡子。可是未婚夫却在婚礼前因病去世,此后便有传言说善是不祥的女人。

善觉得人世无常,本已决心出家,没承想竟受到石右卫门的爱慕,如今反倒是她在更热情地追求对方。尽管两人门当户对,却无法成就这段姻缘。

堀边主膳和佃三郎兵卫在藩政上常常对立,石右卫门告诉善,自己终究没有勇气对父亲说想娶她为妻。秘而不宣的爱情让人狂热,善深陷与石右卫门的热恋中。

"父亲大人也很苦恼。"

两家的宅子都很宽敞,四面长达百余间[11]。两人有时在树荫下,有时在仓库或杂物间互诉衷肠。把耳朵贴在爱人单薄的胸口,一边警惕他人闯入一边谈情说爱,这短暂的时光比什么都美妙。

"他们又起争执了吗?"

"他们因为都普请和修建若松城的事在争吵。"

善也在家中听过父亲抱怨此事。

"如果意见始终没办法统一,那该怎么办?"

"幕府的命令必须遵守,既是要造天下的都城便不能敷衍了事。我想主君也明白,考虑到家族利益,应该把修建若松城的事推后……"

藩主加藤明成的性格中有孤傲的一面。他虽勇敢却顽固,不肯听家臣的意见。

"不过,主君很听佃大人的话。"

"我父亲是在帮助主君吧。"

"希望如此。"

石右卫门的语气让善心生不安。

"藩内的争执不停止,我们就不能做夫妻吗?"

恋人沉痛的表情让善心乱如麻。秘而不宣的爱情无法长久,如果被父母和世人知道,两人的前途将被断送。

"你有什么好办法吗?"

石右卫门沉思片刻后睁大了眼睛,他似乎想到了什么。

"主君每天为藩政操碎了心,努力不辱没先主和家族的名誉。我虽只是他身边的侍童,也能看出他的疲惫。主君独自一人背负会津藩四十万石领地的重任,我等家臣享受着优厚的俸禄却不能为主君分担,这难道不是我们的过失吗?"

善不懂政务的难处，但她明白石右卫门是在向她求助。

"我该做什么，才能帮到我们？"

"我想让你扮作妖。"

"妖？"

"相传，美丽的会津猪苗代湖住着一位女神。那是个古老的妖怪，自称姬路大妖长壁姬的妹妹，能肆意操纵山风和湖水，给人们带来恩惠和灾难。你长得这么美，正适合扮作超出人类认知的女妖。你听说过她吗？"

"没有……"

"她的力量遍及整个会津，据说在我们之前统治这片土地的蒲生家和其他家族，都是因为她而没落的。那我们不妨化作此妖。"

恋人的眼中闪烁着妖冶的光芒。少女打心底深爱着少年狡黠的目光。

"等等，外面有人。"

石右卫门握住刀柄，只有浓郁的药香和鲜艳的衣摆掠过眼鼻，除此之外并无异常，于是他松开了握刀的手。

善按照恋人所想，自称是姬路大妖长壁姬的妹妹"龟姬"，扮起了猪苗代湖的女神。加藤明成和堀边石右卫门主仆二人参拜过猪苗代湖湖畔的天神社之后，前往湖中小岛。那里有一座茅舍，扮成龟姬的善款待了明成。

两人不过是隔着竹帘交谈，但不时升起的雾气、水鸟在湖中游弋的神秘场景让明成因疲劳和警惕而紧绷的心渐渐放松了。石右卫门趁机向主君灌输自己的想法，那些话语如露水渗入了主君的心房。

第二话 龟姬

加藤明成抬头望向若松城的天守阁,焦躁地将脚下的碎石踩得沙沙作响。侍童堀边石右卫门在一旁侍奉。他盯着主君的脚下,心里很清楚主君在看着什么,在焦躁什么。

若松城的天守阁依然倾斜着,都普请也进展缓慢。

"我明明下令都普请和修建若松城都要全力以赴,监物他们为什么还没有统一意见?主膳为什么不强硬些?"

"是……"

石右卫门恭恭敬敬地低下了头。

"你也向他们传达了我的意思吧?"

"属下自然不敢怠慢,只是……"

"只是什么?你可不能有事瞒我。"

主君一脚踢飞了石子。

"遵命。猪苗代城有怪事发生……"

石右卫门吐露了一件烦心事。

"什么怪事?"

"我说出来……怕主君心烦。"

"我不知道更心烦,快说!"

堀边主膳从若松返回居城猪苗代后不久,城里就传出有妖怪出没的传闻。守夜的藩士看到本应空无一人的天守阁有灯光,心生疑窦前去查看,发现一位衣着华丽的"公主"站在天守阁中。

"真奇怪,城里为什么会有妖怪出现?"

石右卫门面露难色，吞吞吐吐地转述了妖怪的话。不出他所料，明成的表情由焦躁转为愤怒。

"我才是会津唯一的主人，此等愚物，我要亲手斩杀。"

"您说得没错，可要是您有个闪失……"

"猪苗代是将军大人交给我的会津第二大城。要是任由妖怪肆意妄为，传出去可不好听。"

"妖异之物自然应当被除，可它们同样是天地的声音。会津百姓是您忠心耿耿的子民，山河与妖怪也同样属于会津藩。"

"你想说什么？"

明成怀疑地俯视石右卫门。

"猪苗代湖中有一座古老的神社，城中的僧侣说，天守阁里的妖怪与神社中供奉的神有关。那是一位女神，也是国家的守护神，据说她不会拒绝与执掌国政之人对话。"

"原来如此……可我也不能离开若松城，去猪苗代见她啊。"

"此事您不必担心，我会安排妥当。"

二

若松到猪苗代不足七里[12]，骑马仅需半日，就算徒步，一天之内也能到达。猪苗代湖北岸的大道连通二本松和越后，是这一带最重要的通道。若松和猪苗代二城之所以如此繁华，正是得益于猪苗代湖北岸的这条道路，足见此路是奥羽的商业生命线。

会津坐落在这条大道的要地,加藤嘉明和臣下们的使命,就是维护会津藩的繁荣稳定。在嘉明之前,统治会津藩的是蒲生家。蒲生家虽有内斗,但与将军家交情匪浅,他们在若松城附近的石之森掘出金矿,从此财政无忧。只是蒲生忠乡没有后代,统治会津的任务便落在了加藤家。

堀边主膳始终反对将加藤家的封地转到会津。伊予松山藩[13]尽管称不上丰饶,但气候温暖,且当地人民都敬慕嘉明,政局稳定。

"蒲生家和我们是远亲。"

嘉明生前曾向面露不满的家臣们解释,希望得到他们的理解。

"而且蒲生家和将军关系密切。再加上……"

嘉明不给其他人反驳的机会,继续说下去,

"常年与我共赴沙场的藤堂和泉守也推荐了我。"

"可是,您的身体会吃不消吧?"

次子加藤监物说道。

"说什么蠢话。"

嘉明并没有提高音量,但那份威严足以震慑跪倒在地的众人。

"不许辱没了我的声名。"

这句话包含了加藤嘉明六十五年的全部骄傲,自从以贱岳七本枪之名名扬天下,他就一直要求自己不能在战场上令将军蒙羞,直至得到属于自己的领地。

"幕府也说了会增加俸禄。你们觉得拒绝此事有益于家族的名声吗?"

53

"人活着并非只为虚名。"

监物不肯罢休。

"就算俸禄加倍，伊予和会津的风土气候还是差别太大。您打算放弃长久以来在伊予辛勤耕耘的全部成果吗？"

"监物，我们为何奔忙？"

嘉明静静地说，

"为天下安宁，为天子解忧。伊予是天下，会津同样是天下。我依然走在正确的道路上，无愧于心。"

既然主君都说到这个份上了，家臣们也无法再提出异议。军事会议结束后，嘉明叫住了监物、堀主水、堀边主膳和佃十成，直言不讳地要求四人合力守护加藤家。

"主膳，猪苗代城就交给你了。"

主膳在嘉明和同僚面前发誓以性命相护，除此之外再无他言。

藩主明成偷偷来到猪苗代湖湖畔。他在主膳之子——侍童石右卫门的陪伴下以巡察诸郡的名义前来，其实是为了支开众人，躲进小小的天神社中。

主膳以为不会有什么事，并不放在心上，几个月后却对这判断懊悔不已。

那天，主膳独自伫立在猪苗代城的天守阁上，盯着平静如镜的湖面。

第二话 龟姬

这片别名天镜湖的神秘水面泛着深蓝色的光,仿佛连阳光都能吸收。

湖边不远处是小平潟天满宫。

距今七百多年前,天历年间,近江国比良神社的神主[14]带着号称在须磨发现的菅原道真神像来到了猪苗代。

神主在此地歇脚,打算重新出发时,却发现神像变重了,无法移动。猪苗代城临湖而建,风景与临海的须磨相似。于是神主决定在这片土地供奉神像,请求当时的国司[15]修建天满宫迎神。

后来天神信仰日益兴盛,除了会津之外,中通仙道[16]诸郡的百姓也纷纷皈依了这座天满宫。这里一时香火鼎盛。

如今,主君和自己的儿子躲在天满宫里。若两人是情人,主膳不会多加干涉,毕竟自己年轻时也有男伴,也曾沉迷男色。可若是儿子想独占主君,独掌藩政,那他的谋划就太恶劣了。

猪苗代城天守阁的大厅里放着一个一丈见方的箱子,箱子上盖着白布。主膳背对湖水,缓缓掀开了白布,下面盖着的原来是一口原木棺材。

"愚蠢……"

主膳闭了闭眼睛。他重新将白布铺好,开始焚香。这是加藤嘉明从菩提寺请来的伽罗香木。主膳想起了为主君送终的那天。主君是个孤高的人,久经沙场,却丝毫不沾染不净之气。

"臣下未能完成主命,实在羞愧难当。尽管我无颜在彼岸见您,但至少要豁出这条命,镇压城中的'妖怪'给您看。"

主膳解开衣襟,拔出短刀,准备剖开腹部的皮肤。刀刃会直达脏腑,剧烈的疼痛和灼热将充斥全身。他在战场上被刺穿身体都没有立刻死去，现在却要忍受这份痛苦。但奇怪的是，疼痛并未袭来。主膳回过神来才发现，一个男人抓住了他的手腕，阻止刀刃刺入腹部。

那是一个年轻男子，身材并不魁梧，看起来甚至不像武士，可他力气很大，久经沙场的主膳被他制住，竟然完全动弹不得。

"你是什么人……"

"卖药郎。"

奇怪的男人脸上勾了脸谱，身着如蝶翼般华丽的衣裳，他低头看着主膳。

"你怎么进来的？我明明下令不许任何人进城。"

"有物怪的地方就有我。"

"物怪？"

"鲁莽地切腹并不能让妖怪消失。"

卖药郎松开手，主膳的后背一下子冒出冷汗。他收起短刀，转身面向卖药郎。

"你口中的物怪是我的儿子，石右卫门。"

主膳叹了一口气，把白布叠好，放在棺材上。

"我的儿子侍奉在藩主身边，为了讨好藩主，做些无聊之事。府中元老之所以不听藩主的命令，不是因为不忠，而是因为藩主所下的政令不当，可那个不孝子却玩弄幼稚的策谋，妄图利用物怪魅惑人心。"

"即便如此，仍有一半'理'未明。"

第二话　龟姬

卖药郎口中所说的物怪的形、真、理，主膳从未听说过。

"你是说……物怪骚动不是石右卫门所为？"

"他的把戏我不知道。只是，若有人想利用妖怪满足欲望，便会唤醒物怪。"

主膳觉得这个男人很奇怪，开口质问：

"你说你是卖药郎，实则是退魔师之流吧？你有哪家神社、寺庙或者神山的加护吗？"

"都没有，我只斩杀物怪。"

"物怪如何斩杀？你有什么术法能看透那个'形、真、理'？"

"暴露其形，引出真和理。"

卖药郎腰间的短剑微微出鞘。主膳并没有看见刀刃，却全身僵住了。

"现在，你已经死了。"

下个瞬间，主膳眼前被一片黑暗笼罩。

三

会津藩家老堀边主膳突然逝世，令众人震惊不已。猪苗代城出现妖怪的流言迅速传开，但加藤明成宣称城中的妖怪已经被堀边主膳奋力镇压，对藩政没有任何威胁。

这样一来，我们就可以成亲了。

善大喜过望，石右卫门继承了堀边家家督之位，被委以藩政要职。他必须娶一个门当户对的妻子，只等服丧期满，两人就可以成婚。

"虽然暂时不能见面，但你完全不用担心，我一定会去娶你。"

最后一次幽会时，石右卫门对善这般说道。

善陶醉地看着石右卫门为她准备的华服。衣裳挂在衣架上，下摆和袖子上绣着象征长命百岁的鹤与龟。

善并不清楚个中详情。当时她只顾拼命做戏，不让明成起疑，并不知石右卫门对主君灌输了什么。不过那之后，明成便严令家臣们拿出万全之策，同时推进若松城的修建和都普请，有异议者无论地位高低，一律严惩。

因此百姓不得不上缴更多租税，善也听到了百姓痛苦的呼声。她虽然心生怜悯，但这是天子和藩主的要求，也就无可奈何。她一天又一天苦等情郎来迎娶自己，却始终没等到。时间已经过去了一年。

堀边家的领地是猪苗代城，而佃家的宅子在若松，所以善不知道堀边家的情况。有传言说明成被妖怪附身，许久未在家臣前露面，但善关心的只有自己的恋人。她的相思之苦日益加重，可如今不是女人可以独自出门的太平时代。善只得说服自己石右卫门很忙，就在这时，有人向她提亲了。

"对方是堀主水的儿子，样样都好。"

父亲当然没有发现女儿已和堀边石右卫门私订终身。在这个时代，少女不能拒绝父亲选择的夫婿。善不知所措，但婚事仍在推进。不久后，堀主水造访了佃家。

善心不在焉地应付着，为了不让家族蒙羞，总算勉力走完了过场。可一回到房间，她的泪水立刻夺眶而出。

第二话　龟姬

"打扰了。"

走廊上有人说话，善慌忙止住哭声，擦干眼泪，直起身子问门外是谁。

"我是堀主水。"

善想起身拉开纸拉门，但主水制止了她，说隔着门说话便好。

"我不想偷看未出阁的年轻姑娘的闺房。"

堀主水是久经沙场的勇士，他容貌威严，有一种生人勿近的气场。善知道他和自己的祖父、父亲常年共事，却并没有与他交谈过。

"突然要成亲，让你困扰了吧？但堀家是打心底欢迎你的。"

这话不同寻常，夫家的家主竟特意来安慰即将嫁进门的儿媳，善感到堀主水的体贴，觉得自己如果带着如今这般思绪嫁过去，未免太不诚恳。

"请您留步。"

主水停下了准备离开的脚步。

"我……我……已经和别人私订终身了。"

"……那并不妨碍这桩婚事。"

"不，不是这样的……"

善欲言又止。堀主水再次回到纸拉门前，弯下腰。善开门请主水进来，诚恳地坦白了自己与堀边石右卫门是如何相爱，又是如何尽心尽力为藩主分忧的。

"你说你扮成湖中女神，开解主君……"

善没有注意到主水眯起了眼睛。

"现在还在继续吗？"

59

"不，那已经是一年前的事了。自从堀边大人去世后，石右卫门大人就忙于处理身边事务，最近我们甚至没有写过信。"

"……我知道了。难为你对我袒露隐情。只是，我们两家的婚事已经在办，主君也为这桩婚事感到开心，你能暂且忍耐一下吗？"

善因主水的体谅而流下眼泪，磕头以示谢意。

主水一回到家就给佃家送去书信，然后站在院子里抬头仰望若松城的天守阁。

大约一刻钟后，一名年轻近侍来到他身边，告诉他客人马上就到。闻言，主水慢条斯理地向庭院中央走去。这是一片荒凉的庭院，宽广却不加修饰，仿佛从会津磐梯山脚下的平原上直接切下了一块。

主水听见刀刃出鞘的声响，回头看去，只见佃三郎兵卫满脸怒气地站在他身后，身边还跟着一个容貌非常的男人。

"龟姬之'形'已得……"

主水见过这个男人，这不正是在加藤嘉明床边侍候的卖药郎吗？但三郎兵卫的怒气拉回了他的注意力。

"当初是你要提亲，现在你又要暂缓，这是什么意思？事情我已经听卖药郎说过了。你来安慰我那个出嫁前心绪不宁的女儿，我心怀感激，可要是你这么做是为了给我女儿估价，我决不答应！"

"查验对方的品性有什么可奇怪的？若是男子倒也罢了，女孩的心意可没法轻易在婚前确认。"

第二话 龟姬

"你太无礼了。就算她和别的男人私订终身，这也不是叫停婚事的理由。"

"您让女儿带着秘密嫁入我家，难道就不无礼吗？"

三郎兵卫张了张嘴，却说不出话来。

"虽然令爱拼命向我解释，说父亲什么都不知道，但佃大人不可能对此一无所知。父母为了孩子睁一只眼闭一只眼，这也是人之常情。但那可是个身为家老之子，却不顾主君被妖怪附身的传言，在主君身边垄断藩政的男人，您放任令爱与这样的人交往，无论是对我还是对令爱，都未免太薄情了吧。"

听了主水的话，三郎兵卫突然低下了头。

主水继续说道："无论如何，我们都不能对先主不忠。"

不知为何，三郎兵卫脸上浮现出一丝微笑。

"我说了什么奇怪的话吗？"

"堀大人无论做什么，都是在为松苑院（嘉明）大人着想啊。"

"这是我唯一的使命。"

"父亲十成一直对我谆谆教导，要我忠于先主。明成大人被猪苗代的鳖精诓骗，施行苛政，让百姓受苦。这难道不是对松苑院大人不忠吗？"

主水的语气严肃起来。

"没有察觉堀边石右卫门的阴谋，是我失责。我要尽我应尽的职责，方能不负先主的嘱托。"

"不，这不该由您一个人承担。"

"我说这番话绝不是冲动,我会赌上项上人头极力诤谏。或许我会因此丢了官职,若真是那样,今后必须有人撑起会津藩和加藤家。"

"……你要对主君怎样?"

"如果主君被妖怪附身,就除掉妖怪。如果主君已被妖怪取代,我也义不容辞。"

三郎兵卫从主水的决心中,感受到了这个经历过战乱之世的男人的斗志和忠义。此时,卖药郎静静地站了起来,身上带着和主水既相似又不同的剑气。

四

在庆长十六年会津地震中倾毁的天守阁被重建为层塔型天守,还增建了北出丸[17]和西出丸,会津若松城的天守阁如今已经成为五层高的雄伟建筑,如仙鹤般舒展着美丽的"翅膀",不负若松城"鹤城"的美誉。但并非人人都乐于称颂若松城的壮美。

堀主水痛苦地仰望着巨大的鹤翼。

如果是嘉明,一定会首先考虑建造这样的天守阁需要付出多大代价。天守阁倾毁有何要紧,天下太平足矣。既然天下太平,作为防守中枢的天守阁推迟建造又有何妨?

"卖药郎啊,"

主水对紧随其后、不知来处也不知姓名的男人说道,

第二话 龟姬

"我原本相信他既然继承了伟大主君的血统,那应该也是个伟大的人,可看来并非如此。"

"要想摒弃误信而知其形,必须睁眼去看。要想知其真,必须学而不厌。要想知其理,必须基于形和真再深入探究。"

听了卖药郎的话,主水重重地点了点头。他向若松城走去,越走近内心就越犹豫。他明白自己之所以犹豫,是出于对失去的恐惧,自己身为大藩家老所拥有的诸多事物,即将在顷刻间失去。

这天,身为一族之主的主水在礼服下穿上盔甲,借向若松城进献华服之名,在长方形衣箱中放入三百支长枪。

"可是物怪这东西……只要我们露出破绽,就会被它附身吧。"

"非也。"

尽管主水觉得卖药郎口中的"物怪"是无稽之谈,但那确实与发生在藩主身边的怪事有吻合之处。

"不要被'形'所迷惑。"

进城前,卖药郎轻声说道。他衣着怪异,却没有人阻拦他。这个卖药郎也并非寻常人物。但比起卖药郎的身份,主水更关心会津藩、加藤家今后的命运。

加藤监物已坐在前厅等候,主水冲他点头致意。

"听说您取消了和佃家的婚约。如今家中形势不稳,你们到底在干什么啊?"

监物不多寒暄便出言责备。监物是明成的弟弟,他自然明白若松城的主君发生了什么，但他也和主水一样，没有阻止这一切。

"现在这样都是因为你们做事不可靠……"

监物的长相和先主相似，灵魂却是云泥之别。

"先主离开人世前，已经尽了君主之道，是我等没能尽臣下之道，才让百姓受苦。监物大人说得没错。"

监物似乎被主水的气势压倒，移开了目光。

"那……那你说该如何尽臣下之道？"

"臣下之道就是努力修正主君的错误，竭力不让百姓承受苦难。"

"确实如此，我期待您的作为。"

监物明显退缩了，不过主水原本就对他不抱期待。不一会，仆从宣布主君已到，众元老齐齐跪地行礼。

五

抬头望向上方的元老们一时都屏住了呼吸，坐在那里的不是藩主加藤明成，而是一只巨大的鳖。监物张着嘴说不出话来，佃三郎兵卫也瞪大双眼动弹不得。

"堀边大人，这是怎么回事？"

堀主水极力保持平静，开口问道。

"你侍奉在主君身边，竟然让主君变成这副模样。"

"你在说什么？"

第二话 龟姬

堀边石右卫门挺起胸膛,俯视着主水。

"坐在这里的是真正的会津之主。"

主水回头瞥了一眼卖药郎。他说过一旦妖怪现身就会有所行动,看来这终究只是这个来路不明之人的虚言,令人失望。不过他原本也并不太抱有期待。既然前方没有路,自然要靠自己的才智去开辟。

"妖怪,你总算现身了。快解决掉主君身边的妖怪!"

主水一声号令,大厅四面门户大开。三百名手握火绳枪的士兵瞄准了那只巨大的鳖。

"你这个逆臣,竟然敢瞧不起先主留下的会津藩,和我在此一决胜负吧!"

主水的呵斥令石右卫门发笑:

"谁允许你这样做的?城里不许带枪支入内,你还把枪口对准主君,你才是逆臣!"

主水再次下令,枪口一齐开火。巨鳖发出一声咆哮,可子弹并未贯穿它的甲壳。不仅如此,陷入癫狂的巨鳖还冲开了想要拔刀护主的近侍,逼近主水等人。

"浑蛋!"

主水拔出短刀,砍向堀边石右卫门,但刀劈空了。主水突然想起卖药郎的话。在一片混乱的大厅中,唯有卖药郎安静地端坐着。

形、真、理不齐,就无法除去物怪。

若是这样，不就说明这里没有"真"、没有"理"吗？用兵法解释的话，自己是陷入了"虚实"中的"虚"吗？主水感到背后升起一阵凉意，对失败和死亡的恐惧像乌云一般朝他压来。

"恐惧……就像随风飘动的云。"

卖药郎的话让主水清醒过来。

"佃大人！"

正在与巨鳌利爪缠斗的三郎兵卫撬开了紧闭的长衣箱，一名少女从衣箱中站起。疯狂的巨鳌停下动作，原本表情从容的石右卫门变了脸色。

"这就是你的愿望……"

恋人缓缓靠近巨鳌。

"你知道我在等你来接我吧？"

善的背后升起一团雾霭，雾中闪烁着两道红光，似是不祥的光。一道疾风从雾中飞出，掠过石右卫门的脖颈。善看着恋人尖叫着四处逃窜，眼中流下血泪。

"你不顾我的情意……"

善悲痛的呼喊淹没在雾霭之中。雾霭渐渐变成一只巨大的龟，将善整个吞下。最后，巨龟变成一位身着华服的美丽公主，衣袖覆盖了整个大厅。主水余光看到卖药郎站起身来。

剑柄上的牙齿发出"咔嚓"一声。

"真已得。"

第二话　龟姬

卖药郎话音刚落，便有一阵暴风席卷大厅，却与主君变成巨鳖时的暴风不同。这不是吹拂在会津天空的凉风，而是让人联想起磐梯火山口的热风。卖药郎手握剑柄，浑身的斗气化为滚烫的风，与妖物对抗。

"我是猪苗代的龟姬。也可以称我为湖之主。"

感受到卖药郎的气息后，附身在善身上的物怪嫣然一笑，那笑容又变成怒容。

"不要挡路……"

主水要下令开火，佃三郎兵卫却拼命阻止。

"善……我女儿是被那妖物附身了。"

"我知道。"

主水上前一步挥刀砍向龟姬，她的袖子变作甲壳挡住了刀。清脆的撞击声不断回响，似乎在显示着甲壳的坚固。主水趁破绽冲向抱头发抖的石右卫门，揪住领口将他提了起来。

"真正的主君怎么了？！"

"主……主君在湖中乐园。"

"你是说主君政务在身，却被妖物迷惑了？"

"不是被迷惑！这是主君自己的愿望。"

龟姬与藩士们的激战令若松城摇晃起来。若松城已经无关紧要了。沉溺在怪物营造的幻境中的藩主，不配当先主的继承人。

主水感到心中翻腾起一股漆黑的愤怒，与人类未诞生时便统治着这片土地的大龟女神的愤怒相合。

这片土地真正的主人另有其人。

不接受主君已死的心情；除了那位敬爱的主君之外，不承认、不允许自己侍奉他人的心情；无法嫁给心上人的女孩的懊悔；年轻人将恋人变为龟姬，试图笼络、操纵性格乖戾的年轻主君的欲望。是这一切融为一体，最终结成了异形之物吗？

就在这时……

"主君在这里！"

两个男人冲进了大厅。本以为已死的堀边主膳握着加藤明成的手大口喘着气。

"混账东西！"

主膳一拳打向儿子的颧骨。

"理，已现。"

卖药郎出现在主水眼前。剑柄上的狮子咬紧牙关，发出一声脆响。

"豢养物怪的人，竟然是我吗……"

主水呻吟道。

"不只是你。"

剑光一闪。盘踞在人魂魄中的某物与大厅中妖物的某种联系被斩断了。

"现在，想起先主的'理'吧。"

主水一生的错误和愚蠢在眼前闪现。是物怪意图蒙蔽他的双眼。只要有力量，只要骁勇善战，只要不选错队伍，就能如愿得到荣华富贵。

"只要不选错……啊。"

主水自言自语道。现在已不是他和加藤嘉明在战场上纵横驰骋的时代了。也不是能靠妖物左右政局的时代。

"人死如露逝。"

这就是嘉明留下的"理"。正因为明白人生如朝露般虚幻，才不能太过执着。正因为人如露水般渺小，才不该走入歧途。主水抓住明成的领口叱责道：

"不要与你幻想中的父亲为敌。"

"住嘴！你们一个个都看不起我。我要借湖中女神的神通之力惩罚所有人！"

明成激动地反驳。

"就算你一面重建若松城，一面积极地对幕府表忠心，你也比不上你父亲。但是，这个时代也有非你不可的使命要完成。只因为不如父亲，就去寻求物怪的抚慰，你这样也配当加藤嘉明的儿子吗！睁开眼睛看清楚，看看你父亲一直在和什么样的男人并肩作战！"

说完，主水舍身撞向物怪，反剪物怪的双臂，大声喊道：

"卖药郎，连我一起砍！"

"我只砍物怪。"

话毕，卖药郎用剑斩下了大龟的头颅。

物怪 执

※

  藤堂家家老保田采女听完这个故事，感觉有汗从脖颈滴落。表面上，堀主水是因为对主君刀剑相向而负罪出走，但会津的骚乱尚未平定，他为了平乱又选择归国，在归国途中，堀主水拜访了这位身为藤堂家家老的旧友。
  "这故事有几分真？……当然，我明白堀大人不会用这种故事来开玩笑。"
  "换我是你，恐怕也没办法相信啊。"
  主水露出微笑。
  "和物怪相关的那些人怎么样了？"
  "堀边石右卫门被软禁在家，佃三郎兵卫的女儿善后来卧病在床，那姑娘当真可怜。"
  "那加藤明成大人……"
  听到这个名字，主水轻蔑地冷哼了一声。
  "我原以为那件事会是一剂良药，没想到他却越发贪慕虚名。"
  "怎会……"
  "我可受不了他。他根本比不上他父亲，非但被物怪耍得团团转，还对家臣苛刻残酷。况且，他好像尤其无法原谅我的兵谏。"
  "可那不是兵谏，而是从物怪手里救下他吧。"
  主水只是摇头。
  "仔细想想，在这个时代，无论出于什么理由，对主君刀剑相向都是不被允许的。尽管如此,我还是希望世人知道我做了正确的事。如果只责罚我一人,我大可以果断地切腹,可我不忍心看到一族老小流落街头。我想过少主也许能自己想清楚,也想过借助幕府的力量为自己申辩,可是……"

这种想法是错误的。主水叹了口气。

"我终究没能成为主君所说的露水,少主和其他人也一样。"

"你是为了成为露水,才决定回去的吗?"

采女觉得主水已经看透了命运,明白自己回去之后会发生什么。

"今后,如果你看到流过叶尖的美丽露水,能想起曾经有一个叫堀主水的老武士,就是对我最好的祭奠了。"

看着主水起身离去的背影,采女默默鞠了一躬。

物怪 执

---

1 日本古代以俸禄的多少表示官位的高低，此处指年俸为四十万石粮食。

2 家老：日本幕府时代诸侯家中的老臣。

3 贱岳七本枪：1583 年贱岳之战中，羽柴秀吉一方立下赫赫战功的七名武士。

4 侍大将：在总大将麾下负责指挥一支军队的军官，在家臣中属于中坚力量。

5 监物：隶属中务省的官职，负责监察各个官厅仓库钥匙的管理和出纳。

6 日本武士家庭施行"家督继承制"，"家督"意味着家长的身份及相应的权力。

7 天守阁：日本城堡中最高、最主要的部分，具有瞭望、指挥的功能，同时也是统治权力的象征。

8 奥羽：陆奥和出羽的统称，相当于现在的日本东北地区。

9 都普请：德川幕府指派任务给各地大名，命令他们出钱出力修建江户城。

10 丰太阁指丰臣秀吉。

11 间：日本长度单位，1 间约为 1.82 米。

12 里：日本长度单位，1 里约为 533 米。

13 伊予松山藩：日本江户时代的藩名，以伊予国温泉郡（爱媛县松山市）为中心，包含久米郡、野间郡、伊予郡，藩厅位于松山城，是加藤嘉明的旧领地。

14 神主：日本神社里主导祭祀典礼的神职人员。

15 国司：管理地区行政的长官。

16 中通仙道：今日本福岛县中部地区。

17 出丸：从城堡本体向外突出的平台。

第三话　　玉藻前

藤川小春

住在深川小巷的长屋[1]，其父藤川高春是一名浪人[2]。她从卖药郎手里得到了两颗骰子。

藤川高春

风姿绰约的浪人，为仿真花师傅介绍活计的中间人。他虽然贫穷，但因为长相和打扮干净大方，与旗本武士[3]和富裕商人都有来往。他常称赞桂做的仿真花有妩媚之色。

小花

饥荒时，一对夫妇从奥州[4]白石流落到了深川佐贺町小巷的长屋，小花正是他们的女儿。她从卖药郎手里得到了一颗骰子。

桂

小花的母亲。桂出身于陆前的商人之家，父亲在生意失败后抛下妻女逃亡。母女二人前往江户谋生。途中，母亲在那须的温泉旅馆做女佣时，桂在山中遇到了九尾狐，回过神时手里攥着一颗黑亮的骰子。桂现在以做仿真花为生。

玉藻前

下野国那须野有狐。据仁王经记载，此狐乃冢神，曾在天罗国取千人首级祭祀。在东方之国化身褒姒，成为周朝幽王之后，致周朝亡国。（神武天皇至后花园天皇年代记《神明镜》）

第三话　玉藻前

一

道祖神[5]啊，大神啊。

阿爸，阿妈，都很高兴。

来年就要十三啦。

老婆，生孩子，身体棒。

男孩子，对对，要养大。

稚嫩可爱的小嘴唱着遥远国度的歌谣。唱歌的人发现有人一直盯着自己，停下拍球的手噘起嘴巴。

"小春，你一直盯着我看，我会不好意思的。"

"才没看你呢，我是在听小花你唱歌呀。"

"一样的啦。"

"不一样啦。"

两个少女互相看着，都笑了起来。在这阳光明媚的春天，权势滔天的老中[6]失势，改朝换代的传言甚嚣尘上，幕府政局一片动荡。

十几年前大饥荒时，少女小花的母亲从奥州白石流亡到了深川佐贺町小巷的长屋。

"讲讲奥州的事吧！"小花曾这样央求母亲。可是母亲几乎从不告诉她奥州白石的事或者路上发生的事。

"那是你家乡的歌吧？"

"娘说太土了，不让我在别人面前唱。"

"才不土呢。"

小春央求小花再唱一遍，可小花只是害羞地摇头。

"不说这个了，我们还是来玩双六棋[7]吧。"

小花从怀中取出一颗小小的骰子。白色的骰子打磨得光可鉴人，小春不禁看呆了。

"这是在哪里买的？"

"是一位过路的卖药郎送我的。"

"我也想要！"

"卖药郎说他还会再来的。"

小春叹了一口气，同时肚子也响了一声。小花没有笑话她，而是回到自家屋里，小心地用双手捧着什么东西走了回来。

"娘做了牡丹饼，小春，来吃吧。"

那是一块小小的牡丹饼，蒸好的年糕外裹着一层红豆沙。这样好的东西在小春家里绝不会有。含在嘴里，上等的甜香和软糯的口感融为一体，在口中融化开来。

"抱歉，只有一个。"

小花不好意思地说。小春这才意识到自己吃完了唯一一个牡丹饼。

"那下次我给你带些吃的吧！"

第三话 玉藻前

"小春你会做牡丹饼吗?"

小花的表情一下子亮了。

"嗯……嗯……我会让娘帮我。"

"那我等你哟!"

太阳渐渐落山,小春挥挥手说了句"我该回家了",走出长屋门。她在十字路口回过头,看到小花还在目送自己。朋友的身影消失不见后,小春的脚步突然变得沉重。

临近黄昏,大路上的人却突然变少了。小春猛地抬起头,发现路上已经空无一人。这个时间,天色明明还早,路上却充斥着昏暗阴冷的气息。小春心中害怕,于是加快了脚步,然而四周已不是她熟悉的街景。

"爹……"

有浓重的野兽气味。远处尖厉的吼叫让她缩了缩身子。分明是都城的大街,却出现了幼时屡屡梦见的噩梦的影子。梦中她在黑暗里不断寻找着什么。

小春想呼救,可喉咙干涩得发不出声音。身后有脚步声在追逐她。

她不停奔跑,身后的脚步声却没有远去。小春喘不过气来,只觉得头晕目眩,只得停下脚步,这时肩膀被紧紧抓住了。她僵着脸回头一看,母亲就站在那里。

"怎么了,表情这么可怕?"

"啊……街上一个人都没有,我害怕嘛……"

母亲露出疑惑的表情,小春这才发现大街上一如往常的傍晚时分,人来人往。天空尚未露出黄昏的冷清寂寥，阳光依旧明亮，和自己与小花分别时一模一样。

"娘，你怎么在这里？"

"我？我就是……来接你啊。来，一起回家吧。"

母亲转身快速向前走去。小春很高兴母亲来接自己，想去牵她，可母亲轻轻挥开了她的手。母亲还是这样，小春有些失望地跟在她身后。

"看到你爹了吗？"

母亲头也不回地问道。

"他说有活儿要干，让我先回去。"

"你去他干活儿的地方看过吗？"

"没有。"

不要去父亲干活儿的地方给他添麻烦。这是和父亲的约定。温柔的父亲唯一一次露出可怕的表情就是在那时。

小春住在深川小巷的长屋，和小花家的长屋相隔几条街，位于深川冬木町。她父亲是浪人，好像是从上总[8]流浪到这里的，小春也不清楚详情。只知道眼下的现实是，父亲腰间别着竹刀，靠做仿真花卖给商人勉强度日。

"爹说会在关城门前回来。"

"这样啊。"

母亲的声音带着刺。小春害怕母亲身上的刺。她担心总有一天他们幸福生活的小小气球会被扎破。

"那个……今天小花给了我牡丹饼，我想下次还她，娘能帮我做牡丹饼吗？"

"牡丹饼那么奢侈的食物，我们可没钱做。"

既然母亲说了没钱，小春也没有办法。

"那我也去干活儿。"

"你还没有能干的活儿呢……对了，"

母亲回过头来，

"下次你爹带你出门的时候，能帮我看看他是怎么干活儿的吗？"

"可是爹不让我看。"

"你帮我看，我就帮你做点心给小花回礼。"

小春无法拒绝。虽然爹也说了不能偷看，但他不就是在哪个作坊默默做手工吗？小春不明白母亲为什么要她去做这种事，但为了牡丹饼值得去做。

而且这是母亲第一次没有命令或斥责小春，而是拜托她做一件事。

二

据说小花的母亲桂出身于陆前的商人之家。

"我家以前可气派了。"

桂也对女儿说过这样的话。都城里能看到几栋阔气的大宅院。这座城市本就是为那无边高墙里的大老爷们而建的，旗本和御家人就住在高墙间的间隙里，平民百姓则挤在余下的土地上生活。

墙内和墙外。

一旦跨过就再难回头。桂小时候听母亲说过这些事。我们从前是生活在墙那边富裕世界的高贵身份云云。这些话就像童话故事一样抓住了桂的心。

但现实不是童话故事。

桂只想做个农民的妻子，清贫安稳地过完一生。但发生了大饥荒，村里许多人因饥饿和疾病倒下，藩国的赈济来得太迟了。村民贫穷，工匠也就无以为生。

桂连父亲的面也没见过。

生意失败后，他欠下一大笔债消失了。母亲说他死了，但就在母女俩准备离开故乡时，邻居告诉她们父亲逃到江户去了。所以知道要去江户时，桂很高兴。

母女两人要从奥州白石去江户简直难于登天。桂的母亲在那须的温泉旅馆做过一阵子女佣，耗尽心血攒下些钱财。那段时间的事，桂几乎不记得了，只有一件事，深深地刻在她的记忆中。

温暖的季节里，她会在母亲干活儿时去河边或者山里摘花玩耍。有时她会跑进深山，事后总是被母亲责骂，可她是异乡人，连朋友都交不到，与其在城里抬不起头，不如去山里自在些。

那天，山里的杜鹃花分外鲜艳，桂边看边走，不知不觉偏离了熟悉的山路。她迷路了，来到一片满是岩石的荒野，那里没有杜鹃花，甚至连草都没有一棵。泉水散发着一股浓烈的硫黄气味。

第三话　玉藻前

在一片令人头痛的瘴气中,桂看到一只野兽倒在岩石上。它看起来像狗,走近了才看清那是一只狐狸。

"你怎么到这里来了……"

桂忘记了头痛,抱起狐狸。神奇的是,这只狐狸有好几条尾巴,其中有半数已经断了。她抱着对小孩子来说体形过大的狐狸,想赶紧离开这里。

"真是好心肠的孩子。"

不知从什么地方传来说话声。发现是背上的狐狸在说话时,桂险些将它扔下去,但她又想起狐狸的伤势,于是停下了脚步。

"去收集我的碎片吧。集齐后世上一切都能如你所愿。别说拿回财富了,你甚至可以永生不死。"

"碎……碎片?"

"欲望、执念、仇恨是我的食粮。让四散的灵魂凝结在一处,攫取强大的力量吧。"

硫黄的臭味加上野兽的气息,让桂失去了意识。

头越来越痛,清醒过来时,桂倒在温泉町入口的稻荷神社前。手心被什么东西硌痛,桂张开手一看,是一颗小小的、黑亮的石头骰子。

后来,桂和母亲总算到了江户,江户城人来人往,母女俩只得靠打些零工勉强维生。

"娘,小春可开心了。"

小花的声音拉回了桂的思绪。

桂微微一笑，说：

"那就好。"

"我们下次再做牡丹饼吧！"

"好啊。等我手头的活儿干完，就能赚到些钱了。"

桂以做仿真花为生。她原本想学插花，但是家境贫寒，没有条件拜像样的老师学艺。况且把鲜花养得美丽也要花钱。鲜花盛开的时间实在太短暂了。

"听说这次做的仿真花要献给城主大人？"

"是呀，不过不知道是哪位城主大人。"

自大和国建都以来，就有设宴时在石头上装饰仿真花的风俗。人们认为仿真花能为灵魂注入活力，或是相反，有镇魂之力。

平安时代又有用仿真花装饰头发或帽冠的习俗，紫式部的日记中就有记载。

"虽非花木，菁上花开。"[9]

正如和歌中吟咏的一般，仿真花虽有别于鲜花，但同样惹人喜爱。据说京都御所[10]等地盛行做绢花，江户也承袭了这一传统，将仿真花作为工艺品供奉在佛龛上，或者做成花簪。

在奥州白石的时候，桂就学了一点做仿真花的手艺。而她真正成为仿真花师傅，是在丈夫去世之后。

有个叫陆奥屋鹫藏的男人，是长屋房东的朋友，管理着做杂货的工匠，也是一家店的老板。

"你可以做仿真花师傅啊。"

他这么劝过桂。

"你女儿也叫'花',这不是正好吗?"

房东照顾房客不是什么稀奇事,也有人会帮房客找找活儿干。可这个鹫藏,只要自己路边的店里没事,得空就跑到长屋对桂指手画脚。

"你可不能带男人进来。"

听到这话,桂怀疑这个男人对自己有非分之想。这时,一个名叫藤川高春的浪人出现了。

做仿真花需要一个中间人去看宅子、房间和院子,和主人商量应该搭配什么样的花。浪人藤川就是做这份差事的。他虽然贫穷,但长相和打扮干净大方,因而与旗本武士和富裕商人都有来往。

"你做的花有妩媚之色。"

藤川这样赞美过桂。

"妩媚……"

桂有一瞬间忘记了呼吸。她一直靠做仿真花赚取每天的生活费,只要按要求做好,客人也不会多说什么,要是做得不好,不仅会被挖苦,甚至连工钱都拿不到。她从没被夸奖过,做花时只想着松开客人的钱袋子。而浪人藤川却称赞她的花"有妩媚之色"。

那个浪人身上也有妩媚之色。桂知道他穿的和服做工粗糙,佩刀也没有好好保养。可她每次看到他那垂在脖颈的碎发,闻到混合着体味的廉价熏衣香时,都会涌起一股奇妙的情愫。这股狂野的味道甚至让人联想到野兽，她觉得自己曾在哪里闻过。

丈夫去世后，桂已经好几年没有留意过男人身上的气味了。她失去了丈夫，要独自抚养女儿小花，没工夫想恋爱之类的事——她一直这样告诫自己。

"你也有妩媚之色。"

当他直视着她的双眼说出这句话时，某种已失去的东西逐渐在她心头复苏。藤川并没有露骨地勾引她，她内心却有欲望，桂讨厌自己这样。而最终让理性获胜的，是自己有女儿小花，藤川也有妻女的事实。但有人想让她冲破理性的束缚。妖艳的九尾美人在桂的耳边窃窃私语，让她遵从自己的内心。

三

"牡丹饼啊……"

在桂的故乡仙台近郊，人们常将毛豆压成泥做牡丹饼。小时候，父母经常做给她吃，可是自从家道中落，牡丹饼就成了回忆。

这座城市什么都有，人来人往，商品一应俱全，想要什么都能得到，只不过前提是得有钱。桂看了看钱袋，剩下的钱还买得起做牡丹饼的红豆。可是一想到家里所剩不多的米和腌菜，她又把钱袋系紧了。

等接到一份大活儿，再尽情做牡丹饼吧。

现在有了藤川高春的介绍，桂接到的活儿都是两国[11]的札差[12]下的订单。所谓札差，就是有钱的商人。用鲜花装饰屋子是很常见的，可现在也兴起了特意使用仿真花的风尚。

除了桂，还有几个人也在做仿真花补贴家用。大家都很穷，在小巷长屋的破落屋子里默默做着一朵又一朵花。将这几个人聚在一起的就是浪人藤川，在他之上还有商人头领。江户有好几个商人头领，藤川和陆奥屋鹭藏的店没有任何关系。一开始，桂正是因为这一点才从他那里接活，却没想到会变成现在这样……

"这朵龙胆花的花瓣要再倾斜一点。"

藤川每隔几天就到桂家里聊一聊仿真花的事，有时他温热的体温会碰上桂的手。一开始他们会悄悄拉开距离，但有一次藤川没有退开，一动不动地问她：

"很近吗？"

"花……"

"你的花很美。"

等桂回过神来，男人强壮的手臂已经将她圈住。她不能有奢望，必须拒绝，可身体却动弹不得。不仅仅是因为男人强壮，还因为男人的手指和舌头仿佛在爱抚花朵，让她意识到自己是一具成熟女人的肉体。

男人是风月之事的老手，桂一次次被带入忘我的境地，却还保留着一丝冷静。这份冷静与热情混在一起，仿佛炽热的铁块沉入冷水，沸腾的感觉在全身游走。

"我会再来的。"

藤川等着桂整理好凌乱的衣衫和头发，以显示在他进入房间之前和之后，这里什么都没有发生。两人不能叫出声音，甚至不能让粗重的喘息传到屋外。

相邻的两间屋子仅隔着薄薄一层墙壁。虽然隔壁住的是白天要出门工作的工匠，他的妻子也要去别人家做女佣，但桂还是担心被人听到和看到。做过隐秘之事后的内疚感让她的肉体更加沸腾。

做仿真花。

桂已分不清那究竟是仿真花还是自己的肉体。情事结束藤川离开后，她趁女儿还没回来开始做家务，忽然觉得肩膀沉重。是因为干活儿消耗了精力，也是因为情事带来了疲劳。

门外有人，桂急忙整理好衣着。

"打扰了。"

进来的是给仿真花师傅做中间人的商人，陆奥屋鹫藏。

"这份活儿……你是从谁手里接的？你可不能做无情无义的事啊。"

"商人和工匠之间本来就只有交易。上次从您那里接到的活儿，我已经做完了。"

"一次做得好，下次就再给你派活计，这是商人的情义。等着我给你派活，就是你做工匠的情义吧？"

他的声音又冷又沉。桂想到不久前耳边温暖轻柔的低语声，身体燥热起来。

"听说你带男人进来了？"

"您在说什么？"

"就算你们专门挑了人少的时候，可这里毕竟是小巷的长屋……"

"我没做任何亏心事。"

桂的语气变得严肃起来。

"别生气嘛，喜欢有妇之夫可是没结果的。"

"那你就可以到寡妇家里指手画脚吗？"

不靠这个男人介绍活计我也能活下去。这个念头让桂强硬起来。她还以为要像往常那样被斥责一通，然而鹭藏只是沉默地起身离开了屋子。桂心里觉得奇怪，但松了一口气，开始准备晚饭。

四

跟父亲高春去干活儿很无聊，可是在家待着更无聊。在家时，父亲和母亲也几乎不说话。虽然两人不会激烈争吵，但正是这种冰冷的沉默让小春如坐针毡。

"今天就拜托你了。"

母亲偷偷托她帮的忙给无聊的日子点亮了一束光。不过这不是件容易办的事。父亲很敏感，他在小花家干活儿时，几乎每次小春靠近想偷看，他就打开门说：

"到那边玩儿去。"

父亲的语气冷冰冰的，小春只能乖乖听话。但一见到好朋友，低落的情绪就消散了。

傍晚回家后，要告诉母亲自己没能完成任务，小春心里发怵。母亲会立刻皱起眉头，但眉间的竖纹又会像幻影一样突然消失，小春不愿意看见这一幕。

"今天护城河的荷花开了。"

朋友的话抚慰了小春的忧愁。

小花的名字里有"花"，她也很了解每个季节的花。虽然小春的父亲和小花的母亲一样以做仿真花为生，但他并没有教过小春关于花的知识。

每一旬开放的花依次变化；如果下过雨，就会开不同的花；月亮和星星也与花相关。在小春看来，小花说的这些话就像一直在她脚边，她却一无所知的大地精灵馈赠的礼物。

"对了，有一种花我想让小春你看看。"

听了小花的话，小春的心怦怦直跳。

"是开在海滩上的花。"

人们总以为花只开在土里，不会开在海边。

"我喜欢海滩上的花，它们可能吸收了大海的力量，所以看起来最漂亮。"

小春从没有想过这些，但是小花的眼睛里有光，让人不由得相信她说的一定是真的。但今天小春不能让自己的心被这道光彩俘获。

"你为什么想看我娘干活儿啊？"

小花的提问让小春不知所措。

第三话 玉藻前

"我想看看漂亮的仿真花是怎么做出来的。"

"可是我要带你去看更漂亮的有生命的花啊。"

看到朋友这副前所未有的表情,小春又动摇了。

"可是……这是我娘拜托我的。"

小花撇了撇嘴,转身跑开了。小春刚想追上去,又停住了脚步。如果能和朋友一起去看开在海滩上的美丽花朵,那该多幸福啊……

长屋里,女人们做完了早上的家务,开开心心地闲聊着,一个小孩在她们脚边玩耍,又跑到小春身边,拽着她的袖子要她一起玩。

"小春,你爹正忙着做仿真花吧?"

小孩的声音比想象中大,坐在井边聊天的女人都转过头来。她们什么也没说,却含着笑各自回家了。小孩的母亲没有看小春,而是避开她的视线,牵起孩子的手往家走去。

院子里陷入了短暂的寂静,大路上的喧嚣也消失了,小春想起几天前的黄昏时分。日头明明还很高,她却感到周身被一股寒气包裹,膝盖开始颤抖。

她抬头一看,只见长屋的尽头伫立着一道黑影。

"爹……爹?"

小春并没有偷看父亲干活儿,可一想到他可能会现身,还是感到害怕,情不自禁地逃向长屋的大门。时间还早,门却紧紧关着,也不见看门的老人。

突然,小春听到牙齿咬合的咔嚓声。

"玉藻前,形已得。"

耳边响起一个声音。

小春不想再做那个噩梦了,她拼命敲门,吱呀一声,门缓缓打开。小春从门缝跌跌撞撞地挤出去,又撞在某个坚硬却有弹性的东西上弹了回来。她战战兢兢地抬头看去,眼前的人不是父母,也不是长屋的住户,而是一个相貌奇异的男人。

他背着比自己还高的大箱子,却一点也不显得吃力。他蹲下身子。

"不要害怕。"

那声音有些像父亲,乍听上去很温柔,其实却很冰冷。

"我是周游各处卖药的人。"

"刚才,有可怕的东西……"

"门开了就没事了,道祖神会守护你的。"

小春感到身后有什么东西在靠近。本能告诉她不能回头看"那东西"。她想都没想就抓住了男人的衣摆,一只大手放在了她的肩膀上,柔软的触感和她抬头看到的锐利双眼让小春知道,她对这个男人的第一印象是错误的。

"那东西出不了这扇门。"

回过神时,男人和小春已经站在了长屋门外。男人自称"卖药郎",没有报上姓名。

"那是我爹吗?"

"是物怪。"

"物怪……是妖怪一样的东西吗?"

卖药郎没有回答，他从行李中取出两个小骰子，放在小春手里。

"我不买药……"

"实在无法前进的时候就摇一摇骰子。当真与理俱备，骰子就会指明道路。"

小春还在努力理解这晦涩的话语时，卖药郎已经消失不见。

五

长屋的一间间屋子传出婴儿的笑声、哭声，母亲哄孩子的声音。不知是不是有人在做牙签，还传来一阵小刀削木头的声音。但是，小春感觉不到正在做仿真花的父亲的气息。

父亲说他在长屋最深处的小花家干活儿。虽然父亲总是严厉地说不要打扰大人工作，但母亲难得拜托自己做什么事。小春想，如果能完成任务，或许母亲会对自己更温柔一些。

她蹑手蹑脚地向长屋深处走去。要是再看见奇怪的影子怎么办？更害怕的是，要是被父亲责备怎么办？小春一边走一边拼命想借口。

总和我在一起玩儿的小花不在身边。她捉弄了我，然后就不知跑到哪里去了。我一个人无聊，就到父亲身边来了。对，就用这个借口吧。

这一次，小春顺利来到了小花家门前。周围鸦雀无声，但竖起耳朵听，还是能听到窸窸窣窣的声音。小春知道做仿真花要用到很多彩纸和布料，所以会发出这样的声音。

小春怕趴在门上偷听会被人看到,于是绕到屋后把耳朵贴在墙上。隔着墙能听到的声音细微得令人心焦,根本搞不清里面的情况。小春找遍了整堵墙,终于找到一个小洞,从小洞向里窥视。

洞很小,房间里一片昏暗,看不清楚。不过声音比刚才清晰,像痛苦而急促的呼吸声。

是父亲或者小花的母亲身体不舒服吗?小春想看得更清楚些,把眼睛紧紧贴在小洞上。她看到有人横躺着,果然是身体不舒服吧。她正想出声,忽然手被抓住了。

"嘘。"

小花竖起一根手指,悄悄把小春从墙边拉开。

"你看够了吧?"

横躺的人影烙在了小春眼中,看起来像是两个人的身体叠在一起。小春虽然不明白这场景意味着什么,但心中很是焦躁,觉得看到了不该看的东西。

"好可怕。"小春刚说出口,小花就紧紧抱住了她。

"只看漂亮的花就好。"

"只看漂亮的花?"

"对,花不会让你失望,也不会让你害怕。"

小花说得没错。父亲告诫自己绝对不能看,一定有他的理由。母亲让我来看,应该也有她的原因,但既然父亲叮嘱我不能看,一定是我不该看吧。

小花会把漂亮的东西分享给我,让我看到美,要怎么报答朋友呢?小春努力思考着。

小春并不知道该怎么做,但为了摆脱不愉快的记忆,她牵起好朋友的手向海边跑去。

六

荻乃发现丈夫高春身上有股妖艳的香气,就在他说接到一笔大单子之后不久。

他说有一位富商把装饰茶室、做仿真花花园的活计交给了他。高春虽然只是浪人,但毕竟是配双刀的武士,做仿真花师傅并不光彩。不过一想到不久后会有大笔收入,荻乃就心情雀跃。

这个男人从来就不可信任。

荻乃始终对丈夫有所怀疑。她原本是别人的妻子,是高春将她抢了过来。荻乃本是憎恶婚外恋的人,但高春用房事征服了她,而且他不留任何痕迹地让前夫从这个世界上消失了。

被美丽、残酷又强大的花朵爱着的快感,渐渐变成了害怕遭受同样背叛的恐惧。荻乃怀孕时妊娠反应严重,产后又身体不好,夫妻亲热的次数减少了许多,这让荻乃越发不安。

"你说我出轨?"

有一次,荻乃下定决心质问高春。

"你说这种话有什么证据吗?"

"不过是去做仿真花而已,有必要专门梳好头,给衣服熏香吗?"

丈夫坐正了身子,表情严肃地盯着荻乃。

"仿真花是贩卖美丽的行当,客人为美丽付钱。如今这个时代,工匠也不能邋里邋遢地出门啊。"

高春搬出工作正面反驳,荻乃只能沉默。从那以后,因为不能再正面质问丈夫,荻乃反而越来越焦躁。

"娘,和我玩。"

郁郁寡欢的时候,如果孩子在身边纠缠,荻乃就会发火。

"我现在没心情。"

"卖药郎给了我两个骰子。"

小春的手上躺着两颗小小的、脏兮兮的骰子。荻乃的前夫沉迷赌博,扔骰子押单双数。家里因此变得一贫如洗,可以说是高春救了荻乃。可如今惴惴不安的日子并不是她想要的。

"对了,小春,我让你办的事情办了吗?"

小春露出有些为难的表情摇了摇头。

"爹说不准偷看,我害怕……"

"也是啊。"

见荻乃不悦地眯起眼睛,女儿抱歉地缩了缩脖子,可就连这个动作也让荻乃恼火。

"他干活儿的那间屋子还有其他人进出吗?"

"……还有房东。"

第三话　玉藻前

"还有呢？"

"还有个人，是在爹之前给小花的娘介绍活计的，他经常来，是佐贺町陆奥屋的鹫藏。"

"这样啊，说不定他清楚你爹干活儿时在做什么。小春，不用管你爹的事了，去和小花玩儿吧。"

既然女儿派不上用场，就只能自己想办法了。趁高春不在，获乃偷偷去过长屋。但不是住户的女人在别人家长屋前徘徊，太引人注目了。她曾经瞄到过那个女人的身影，她和自己有几分相似，身材纤细，有些阴沉，是高春喜欢的类型。知道那个女人的女儿和小春年龄相仿之后，获乃更气愤了。

女人手里拿着仿真荷花，华丽而梦幻，一瞬间便烙印在眼中的鲜艳色彩令获乃生起一肚子火气。

她让女儿去打探丈夫的情况，过了三天，实在沉不住气。男人和女人的气味不同，男人身上竟然散发着不属于妻子的其他女人的气味，不找到并切断那气味的源头，获乃不会甘心。

高春带着小春出门后，获乃也出了家门。高春不让女儿偷看，这事怎么想都可疑。获乃穿戴整齐，决定先去小春说的佐贺町大路上的店里看看。她觉得，既然能给可疑的女人介绍活计，那人或许知道女人的底细。

现在有越来越多用瓦盖顶、门脸宽敞的大店铺，而陆奥屋只是门脸不过两间宽的小店。店门非常朴素，但一跨进门就会眼前一亮。五彩缤纷的仿真花按照开放季节分别装饰在各处。不同季节的花不可能同时盛开，这些全都是假花。

"有什么能帮您的吗?"

一个白发男人回头询问。他正在打理仿真花,动作像抚摸鲜花一样小心。

"我想请你帮我扎一束仿真花。"

"这边请,请您详细地说一说。"

男人请获乃入座。

"我拜访一位大人的茶室时,看到了美丽的仿真荷花。真的荷花只开在水里,在茶室只能透过窗户远远地眺望。但那朵仿真荷花却美得仿佛能嗅到它馥郁的芬芳。"

听了获乃的话,鹭藏原本冷淡的表情突然变得柔和。

"看来您很喜欢仿真花啊。"

"嗯,很喜欢。我懂得鲜花凋零的无常,也向往仿真花的永恒。这也是一种风雅吧。"

"时间在流逝,万事万物都在变化。仿真花虽也不例外,但能让人忘却无常,只去看它的美。您说您见过仿真荷花,其实它的创造者,那位工匠刚刚从我手下离开。"

"那位……是什么样的工匠?"

听到获乃的问题,鹭藏沉思了片刻。

"她手艺很好,心地也很善良。"

"是一位美人吧?"

"是啊，只要看过她创作的仿真花，就能知道她心中怀有美丽之物。如果没有误入歧途，她一定能创作出更好的作品。"

闻言，荻乃觉得鹫藏对这位曾经属于他的工匠抱有一种别样的感情。难道那女人和这个商人也有染？她产生了肮脏的猜测，随即又压下这种想法。

"请一定要让这位匠人来做。"

荻乃递出包在小方巾里的金子。

"这应该有市价的两倍了。"

鹫藏看着金子沉思片刻，归还了一半。

"既然您无论如何都想让她来做，我就试试看吧。"

荻乃心中暗自拍手称快。这个商人恐怕正高兴又有理由去见情人吧。让他目睹私会的不堪场面，情敌相见可就乱套了。

七

母亲说不用再监视父亲了，小春去小花家长屋时也就不再感到痛苦。

这是最让小春开心的事情，她本来就不想偷窥父亲干活儿，那天之后母亲也不再拜托她去看父亲在做什么了。虽然母亲对她越发冷淡，但好在小花填补了她内心的寂寞。

美丽的花朵并非只开在河边、池边、海边，也开在小巷长屋的阴凉处。但不知为什么，小花要特意带自己去远离她们父母所在之处的长屋看花，小春觉得奇怪。

一定是小花的母亲也不让她看自己干活儿吧。上次偷看父亲干活儿就被小花阻止了，也可以证明这一点。

父亲走进他做工的地方，也就是小花家，而小花正往外走。

"今天我们走远一些！"

她笑着去拉小春的手。就在这时，小花家的门开了，是小春的父亲，他招手让小春过去，说：

"我把工具忘在家里了。壁橱的抽屉里有个放雕刻刀的筒，你帮我拿过来。"

父亲从没忘带过工具，真是稀奇。小春拒绝了小花的邀请，准备回家一趟。但是小花顽固地摇着头，不让小春走。

"我觉得你最好留在这里。"

小花固执地说道。

"小春，你今天最好留在这里。"

小春不由得怀疑自己的耳朵。

"你留在这里才会没事。"

小花眼神恳切，非要留住小春。

"我不想发生任何改变。我想永远和小春一起玩，一起看漂亮的花。"

"我也是……"

好朋友这副异常的样子，小春是第二次看到了。第一次是自己想偷看父亲干活儿，这次是想回去给父亲拿工具。

第三话 玉藻前

"你必须留在这里,保护他们。"

"保护……什么……"

小春正满心疑惑,一个四十多岁的男人从她身旁走过。那人好像是做仿真花生意的商人,小春盯着他走过去的背影,男人在门前停住了脚步。看样子他也是想偷看屋里的情况,就像自己上次那样。

"小春,要不要玩双六棋?"

小花拉了拉小春的袖子,吸引她的注意。

"玩双六棋?"

"你不是有骰子吗?"

"有是有……要现在玩吗?"

"现在不玩的话,就没办法前进了。"

小花的话令小春错愕不已。口袋里的两个小骰子是迷路的时候,打扮奇特的卖药郎给她的。如今父母的关系岌岌可危,在不安中止步不前的时候,又是朋友拯救了她。

这时,母亲出现在长屋门前,她把手伸进怀中,似乎握住了什么东西。她双眼通红,甚至没有发现女儿就在自己面前。

"我们来玩双六棋吧。"

小春像祈祷一样握住骰子,然后用力扔向空中。一阵风吹过,花香环绕四周。小春回过神来,众人已经站在了巨大的双六棋盘上。

八

"这是……"

面前，和小春她们差不多高的骰子正好停止旋转。骰子的六面点数变成了各季花朵，旋转起来有如花团锦簇般炫目华丽。

"小春，是三点哟。"

第一颗骰子掷出了一，第二颗骰子掷出了二。

双六棋盘有"起点"和"终点"，小春的起点是母亲棋盘上的一格。仔细看去，棋盘上有无数道路四通八达，它们相互交错、远离、靠近又分开。

"好壮观……"

小花把手掌横在额前，眺望纵横交错的棋盘。

"终点是我家。"

有几条道路通往代表小花家长屋的格子。陆奥屋的主人率先向终点走去。他每停在一格都会发生变化：少年鹭藏长大成人，接着娶了妻子。格子被鲜艳美丽的花朵围绕着。

小春远远看着，心中羡慕。如今这个时代，和父母挑选的人结婚是理所当然的，不过自由恋爱结成夫妻的人也并不少见。小春突然好奇自己的父母是如何相识、如何结为夫妻的。

双六棋盘上，相貌奇异的男人的身影忽隐忽现。定睛去看他就会消失，视线移开他又出现了。当看清那是卖药郎时，他的身影消失了。

鹫藏的棋盘上有几条交错的道路，交叉点的颜色格外暗淡。小春看不清那里有什么。在郁郁葱葱的常春藤和灌木覆盖的地方，鹫藏和小花母亲桂的道路分开了。

"为什么鹫藏和小花的母亲会出现在同一条路上？"

"我不知道……"

桂的道路与小花父亲的道路相交，相交处小花出生了，不久后，小花父亲的路走到了尽头。小花年幼时，她的父亲就染病去世了，这件事小春也知道。小花表情阴沉地看着母亲的棋子继续前进。

有一颗棋子追在桂的棋子后面。

"爹……"

高春前进的道路上不知何时出现了怪异的黑影。随着黑影靠近，桂的棋子渐渐变成红色。不能让那东西追上朋友的母亲，小春心中焦急，想掷出骰子，但还没有轮到她，骰子一动不动。可是高春却连掷几轮，不断前进。

"你作弊！"

小春很生气。可父亲并不是这种人，他和女儿玩游戏从不耍赖。他的侧脸笼罩着小春从没见过的不祥阴影。母亲在父亲身后拼命追赶。小春瞄了一眼朋友的侧脸，看到她难过地低着头。

不能让父亲到朋友的母亲身边去。

这时，鹫藏走到了焦急的小春身旁。

"小春，能不能把你的骰子借给我？"

鹫藏请求道。

"我想救你的父母。"

"说得好听，你是想自己先走到终点吧？"

"嗯，没错。"

鹫藏大方地承认。

"事到如今，随时结束我都不会有遗憾了。我已经见到了桂长大成人的样子，还见到了孙女。接下来只剩驱除附体的邪魔。"

"什么意思？"

"是我抛弃了小花的母亲。我在奥州白石生意失败欠了债，丢下妻子和桂逃到了江户城。我想总有一天会去接她们，却没能做到。"

剑柄上的牙齿发出清脆的声响。

"真已得……"

卖药郎站在小春身旁。

"你太自私了！"

小春喊道。她紧紧握着骰子，转身背对鹫藏，小花却跪在她面前，求她把骰子借给鹫藏。小春很伤心，小花竟然不站在自己这边，反而帮来路不明的男人求情。

"小花，我还以为你是我的朋友。"

"你怎样说我都好，小春，就让他先走吧，这也是为你好。"

小花每次要违背小春的意愿时，就会摆出这副隐忍的表情。

"你这副表情……"

正因为知道两个人是最好的朋友，小花才会说出这种任性的话。这让小春很恼火。

"你看那个。"

小春顺着小花手指的方向看去，大吃一惊。父亲高春离终点处小花的家越来越近，他的身形变得扭曲怪异，身后长出好几条巨大的尾巴，从和服里伸出来，头上冒出耳朵，嘴里露出尖牙。

尾巴尖将小春她们所在的双六棋盘与各处格子连在一起。

"那是什么……"

"那是物怪的'形'。九尾妖狐的双六棋局是物怪的'真'。"

耳畔突然响起的声音把小春吓了一跳。

"卖……卖药郎先生？"

"但'理'不足。"

"理……？"

"理就是内心的真相。"

这话对小春来说太深奥了。但她也明白，这样下去是无法阻止父亲的。

"那物怪是来自东方之国的九尾妖狐，名叫玉藻前。它从东方之国飞来，被封印在那须，被封印前，它将肉身散布在各地，意欲有朝一日能复活。"

高春的棋子终于到达了小花家。变成妖怪的浪人把手搭在门上，但门没有开。这时鹭藏和荻乃追了上来。在两人到达终点的瞬间，熊熊燃烧的大火吞没了小花的家。

"后悔与惋惜、嫉妒与憎恶……正是妖狐的力量之源。"

静默之中响起卖药郎的声音。

四人脚下升起火焰。父亲的悔恨、男人的欲望、女人的妒忌、母亲的迷惘,全部合为一体,化为狐头人身的物怪。

"你可以掷一掷骰子吗?"

"掷了会发生什么?"

"不用害怕,你会看到真与理。"

"小春……"

小花手里也有一颗骰子。

"卖药郎先生说过,当我找不到道路时,当我无法前进时,骰子会帮我。但是现在我想帮我娘。"

小花脸上淌下一行泪水。两人调整好呼吸,一齐把三颗骰子扔在了棋盘上。骰子的点数化作铺满鲜花的道路,卖药郎如同舞蹈一般在其上跳跃。玉藻前注意到他,携着白色火焰扑来。

卖药郎剑术出众,将玉藻前逼得无力还击。但这时,浑身包裹着火焰的妖狐轻轻摸了摸自己的脸,那张脸顷刻变成了鬼气森森的浪人的脸。

火焰变成太刀,妖狐的姿势完全改变了。两人激烈地战成一团,这次玉藻前将卖药郎逼到了绝境。

"爹,住手!"

小春不由得出声大喊。物怪顶着父亲的脸盯着小春,让她浑身发冷,膝盖一软,倒在了地上。小花急忙抱紧小春呼唤母亲。卖药郎挡在前方想保护她们,却被玉藻前一脚踢开。玉藻前又变成了桂的容貌。

被父亲抛弃,早早失去丈夫,在艰苦的生活里第一次被男人爱上。那份快乐和歉疚震动了桂的灵魂。玉藻前的脸又变成荻乃。因丈夫出轨而生的妒忌、对桂的愤怒涌上心头。接着是鹫藏。他抛妻弃女、独自苟活,这份罪恶感让他在江户与女儿、孙女重逢后仍无法平静。玉藻前附在藤川高春的情欲上,收集自己融在桂等人灵魂中的灵魂碎片。

不能让它得逞!小春在心中大喊。她还要和家人、朋友、朋友的母亲一起去赏花。妖狐为了镇压住自己附身的人,行为开始变得疯狂,卖药郎看准空当迈步向前,荻乃和桂的脸却像盾一样挡在他的刀前。

"唤醒物怪的是将人分离、拆散的感情。封印物怪的是人与人之间的联系,是思念的心……理,已现。"

剑柄上的狮子咔嚓一声咬紧牙关。卖药郎褐色的皮肤上浮现出金色蛇纹,他的瞳孔变成红色,头发变成银色,手里还握着一把巨大的剑。

卖药郎神色不变,剑光一闪,妖狐的头便伴随着凄厉的悲鸣飞了出去。

※

春天,河边充满了鲜活的生命气息。最美好的,是花朵散发的无常却浓烈的芬芳。

"小春,这里也开着文殊兰。"

两个少女探寻着春天的花朵,在一片新绿中漫步。

"仿真花很好,鲜花也很好。"

荻乃在春日的阳光下铺开野餐布,摆上在家准备好的便当。高春在不远的地方摘花，把花朵的美丽姿态画在本子上。

"老实说，我也不清白。我也动了歪心思。"

桂在荻乃面前低下头说。

"但乘虚而入的是我丈夫。我明明可以直接问他，却要拐弯抹角多此一举，想给他一个教训，也是我太浅薄了吧。大家都做了傻事，实在抱歉。"

荻乃叹了一口气。

"或许，无论有没有物怪，我们都免不了会犯错。这是我从你父亲身上学到的。"

"新的一局双六棋又要开始了吧。"

"是啊。希望在到达下一个终点之前，那两个孩子能走过一段愉快的路。"

两人将错综复杂的情感隐藏起来，相视一笑。

第三话 玉藻前

1 长屋：日本的一种集合住宅，多栋房屋并排而建，相邻房屋共用墙壁。
2 "浪人"是日本幕府统治时期的特有现象，他们原本是统治阶级豢养的家臣，因战争等原因离开主家、失去俸禄，依靠其他技能生活。
3 旗本武士：在江户时代，指将军直属武士中领地不满一万石，但有资格面见将军的武士。
4 奥州指日本旧时的陆奥国，位于现今日本东北地区。
5 道祖神：日本村庄的守护神，其石碑一般立在道路旁。
6 老中：江户幕府的最高官职，负责统领全国政务。
7 双六棋：一种桌上游戏，棋盘由一连串格子绕圈排列而成，掷骰子后根据掷出的点数在格子上移动棋子。
8 上总：日本旧国名，位于千叶县中部。
9 虽非花木，著上花开：出自《古今和歌集》，为日本平安时代歌人文屋康秀所作。意为"虽然蓍草并非开花的树木，但其上依然有花朵（木造的假花）盛开"。
10 京都御所：天皇的居所。
11 两国：位于日本东京都东部、隅田川两岸、从墨田区西南端至中央区东北端的地区。
12 札差：江户时代的中介商人，买卖旗本、御家人等武士从幕府领到的俸米，还用俸米做担保放高利贷。

第四话　　文车妖妃

为永春水

受喜欢讲谈[1]的祖父影响，迷上了去说书场。祖父死后，他想拜人气讲谈师伊东燕晋为师，却因没有天分而被拒。后来开了家名为"青林堂"的书肆，做读本[2]生意，内心却越发焦躁。

系里

浅草六轩町乐可亭的女主人。出身于吉原，人脉很广，似乎认识卖药郎。

高屋彦四郎（柳亭种彦）

新人读本作家。虽然现在还欠些火候，但春水已经看出他有非凡的才能。春水向他提出合作但被拒绝。

本町庵（式亭三马）

常常光顾青林堂的人气读本作家。他凭借黄表纸[3]一炮走红，后来写的复仇故事、洒落本[4]、艺伎故事也纷纷大卖。他还发挥商业才能卖出一款畅销化妆水，积攒了一大笔财富。

文姑娘

式亭三马的女儿。迷恋柳亭种彦，托为永春水帮自己给种彦送情书。她对种彦的爱慕之心一日胜过一日。

文车妖妃

遑论载爱恋执着之千封尺牍，将成如何妖异之形，难以思量。（鸟山石燕妖怪画集《百器徒然袋》）

第四话　文车妖妃

一

讲完一段曾我物语[5]，台上的人走下来。昏暗的客席八成满，但此时鸦雀无声。说到令人心潮澎湃的物语，就不得不提军记物语，说到军记物语，最精彩的当数曾我复仇传。

少年出生在一个做小买卖的商人家庭，不知道是家里的第几个孩子，过着看不到任何希望的日子。身上穿的是哥哥姐姐穿旧的衣服，全都破破烂烂的，家人甚至连一个玩具都不肯给他买。他就是后来的为永春水。

"喂，去听讲谈吗？"

闲居在家的祖父突然对少年春水说。"闲居"这个词听起来悠游自在，其实并非如此，祖父是因为生病无法行动，不得已才把店交给了儿子。

"讲谈？您要带我去说书场吗？"

少年春水的眼睛亮了起来。他从没和祖父好好聊过天，虽然两人住在同一屋檐下，可祖父从早到晚只顾埋头喝酒，他们也就无话可说。

"说书场很好的，不要告诉你爹他们。"

少年春水甚至不知道祖父喜欢听讲谈。

"说到听讲谈啊，以前可没这个时间和钱。"

"您现在有时间也有钱了啊。"

"是吗？"

115

祖父哈哈大笑起来。春水还是第一次见他这样笑。父亲和祖父说话时，两人都板着脸，祖父一个人喝酒时则总是表情阴沉。

春水按捺不住内心的激动。他帮家里跑腿时曾路过说书场，可是从来没有进去听过讲谈。

"那里的讲谈师啊，很有风度。"

"风度……"

"对。知道自己要讲什么，为什么而讲，这样的讲谈师表演时有风度。你也是，不管落魄到什么地步，绝对不能丢了风度。"

春水不知道风度究竟是什么东西。

"去看看就知道了。"

付过钱后，两人走进说书场。大概是因为点了香，这里不像是娱乐场所，倒更像寺庙的正殿。祖父说，因为这是天神大人[6]的院子。但与寺庙神社不同，立在最高处的不是佛像或者祭坛，而是讲台。

客席很快就坐满了。男客居多，女客也不少。大概席中都是常客，相互认识，都在彼此寒暄。和祖父打招呼的人很少，但祖父看起来并不在意，他悠哉地在看台坐下，望着讲台，和身边衣着华丽的年轻男子搭起话来。那男人相貌奇异，很适合登台表演，身上还散发着草药气味。

"这位卖药郎很懂表演。"

听祖父这样说，春水打了声招呼，男人细长的眼睛转向他。春水莫名感到紧张，马上移开了目光。

祖父的表情平静中透着兴奋，他是如此期待将要看到和听到的故事。

第四话　文车妖妃

春水暗自吃惊，没想到祖父竟然也会露出这样的表情。

不知何时，周围的说话声停了。刚才还在谈笑风生的客人们此刻将视线集中在讲台上。他们和祖父一样，脸上满是期待。静寂很快包围了整个客席，激昂的三味线声和鼓声响起。

"这是讲谈师出场前的伴奏。"

祖父轻声告诉春水。伴随着恢宏的曲调，走上讲台的是个脸上还带着几分稚气的年轻人。但他身穿黑纹付羽织袴[7]，脖子上露出的衬领白得耀眼，看上去很是威严。

"燕晋！"

有人喊道。年轻人听到声音眉头都没动一下，俯身向客席行了一礼，然后用扇子轻轻敲了敲讲台。轻而清脆的声音从讲台传到客席，仿佛水面的波纹向外扩散。

讲谈师伊东燕晋开口娓娓道来。他是讲谈伊东派的祖师，名叫仙右卫门；燕晋住在汤岛，所以人们亲切地叫他"汤岛燕晋"。

正如春水的祖父所说，燕晋的台风优雅而稳重。他登台时着羽织袴，表演的也不是家族纷争物语或风俗物语，而是《川中岛军记》等军记物语。

"毕竟是在天子御前表演过讲谈的人啊。"

席中有客人双手合十，听得入了迷。

"自古名将豪杰，仁义在先，干戈在后。话说室町时代，日日纷争不断，宛如群童暗中争斗……"

117

《川中岛军记》讲述的是战国时代，在信浓展开的龙虎对决。武田信玄和上杉谦信两名枭雄各自带领麾下名将斗智斗勇，针锋相对。双方一步都不退，展开了多次血战。

春水小时候没有听过父母讲故事，兄弟姐妹彼此也不说话，又没有年龄相仿的朋友，他甚至不知道世上竟有如此令人血脉偾张的故事。

时而正面对决，时而暗中较量，还有两方主将的一对一交锋，战场上只遗下万般无常带来的寂寥。燕晋讲完，端正地行了一礼。

战场的壮观景象消失了，只剩一座孤零零的讲台。客人们仿佛做了一场梦，神情恍惚地离开说书场。春水却僵坐着无法动弹。

所谓舞台其实只是个木台子，也没有任何装饰。可那里确实有过武田信玄和上杉谦信的身影，他们率领十万大军激烈交锋。

"怎么样，"

走出说书场后，祖父伸了个大大的懒腰，不住地活动僵硬的肩膀，

"是好东西吧？"

那东西不是好坏足以形容的。愉悦和兴奋的感觉依然在春水身体里奔腾不休，他一遍遍说着还要再来。祖父满意地点了点头，眯起眼睛说道：

"我就知道你会这么说。"

伊东燕晋的讲谈和回家路上祖父买的《川中岛军记》决定了他的一生。

说故事。

写故事。

这就是通往那种狂喜的路——随着年岁渐长,春水逐渐明白了这一点。祖父带他去说书场时露出了罕见的笑容,不久后却突然离世。父母在丧礼上放声大哭,暗地里却说:

"费钱的老家伙总算死了。"

春水亲耳听到。他早已隐约察觉到父母的想法,所以并不十分吃惊。轮到春水上香时,他悄悄掀开了盖在死去的祖父脸上的白布。

在说书场里的精神气消失不见,只剩独自在檐廊上大口喝酒时的阴郁表情。春水并不觉得凄惨,因为祖父已把所有痛苦留在了尘世。

二

"说、写。"

春水相信,祖父是为了将这份使命交给自己,才带自己去了汤岛天神[8]。他想成为讲谈师,想成为读本作家。所以他下定决心,请求父母准许他离开家门。

"你走了,我们还得再多雇一个人。"

说完,父亲将他一顿毒打。不过春水心意已决,当天夜里,他逃出了家门。

他已经想好了目的地——祖父带他去过的物语世界。军记物语是物语之根本，他要去投奔此中翘楚伊东燕晋。春水当时还小，不知道有的大人会收留离家出走的孩子，而有的大人不会。

燕晋家有个药贩子打扮、衣着华丽的男人，但春水不以为意，只顾滔滔不绝地倾诉拜师的愿望。

"这里不收徒弟，你回去吧。"

说话的不是燕晋本人，而是一个仆从模样的秃头男人，他不耐烦地摆了摆手。

"大叔，你不是燕晋老师吧？"

"虽然我不是他本人，但他雇我来，就是为了赶走像你这样的人。"

每个说书场都有看门人，春水连这都不知道。

"我听过燕晋老师的讲谈，真的很了不起，我一定要表演那样的讲谈，写那样的故事。"

春水拼命诉说，说他此前的人生是如何灰暗无趣，听过燕晋的讲谈后，人生又是如何改变……

"你说话太难懂了。"

抱着胳膊听他说话的男人突然开口。

"难……难懂？"

"看得出来你说得很努力，可是一点都不响。"

"响……是什么意思？"

"你应该表演不了讲谈。"

这下春水真的生气了。

"我还一天都没练习过,你怎么就说我不行?"

"任何人都可以坐在讲台上表演讲谈,但不是谁都能靠这个赚钱的。你不行,回去吧。"

春水呆住了,准备回家。但籍籍无名的人不也一样活着吗?就算成为流浪汉,我也誓要站上讲台。"我不会就这样放弃的。"他正想说一句这样的豪言,屋里有人走了出来。

"你是来听过我讲谈的孩子吧。"

燕晋不是登台时的羽织穿着,而是便装和服的打扮,风流潇洒。

"我听到你说的话了。"

春水跪在他面前,恳请他收自己为徒。

"你的身世很苦啊。讲台上也有不少无亲无故、身世不明的人。但我不能随便收徒,我收徒弟有一个规矩。"

"规……规矩……"

"我只收我看好的人当徒弟。我听了你的故事,你很有热情,有表达的欲望。但你说话不得要领。你只顾一股脑地倾诉自己想说的话,没有考虑听者的感受。"

春水只得低下头。

"可是,我还一天都没练习过……"

"每个人都会说话,但能让人掏钱听他说话的人寥寥无几。这是需要天分的。"

你没有天分。燕晋说得很直白。

"没有天分却硬要写作，会被'文车妖妃'附身的。"

"什么？文车……什么？"

"文车妖妃是一种会附身写作者的妖怪。附在明明没有才能却非要写作的人身上，以他们的执着为食。"

"那如果看到它，就证明我至少算是个写作者吗？"

"你怎么听不懂好歹？无才之人的执着最终会变成怨恨，让人发狂。陷入疯狂后，你就会成为文车妖妃的食物，一直写到死。"

这时，春水仿佛听到了拍子木拍在讲台上的声音。

"老师，您刚才说了'形已得'吗？"

"我可没说。"

燕晋用讲台上那种充满压迫感的语气威吓春水，可春水并没有畏缩。燕晋叹了一口气：

"不过，我听到你的身世想必也是某种缘分，你被我的讲谈打动也是缘分。虽然我不能收你为徒，但可以介绍你去我熟人的说书场打打下手，你要不要试试？"

"燕晋老师……"

春水喜极而泣。

"我这就安排。每个说书场都缺人得很。"

街头讲演和讲谈原本只是在寺院和神社里表演的语言艺术，随着世事安定太平，逐渐发展成百姓生活中不可或缺的娱乐形式。宽政年间开始常设说书场，获得如潮好评，到了文化年间，说书场已开遍都城各处。

说书场不是开张了就万事大吉，要有能召集卖座讲谈师、落语师和演员的能人掌柜，还要有能写出精彩故事的作家。当然，说书场的运营也需要人手。

"你想崭露头角，我一定给你指明方向。"

燕晋向春水保证。

这就意味着春水得到了进入讲谈师世界的许可。他将要去燕晋介绍的位于浅草六轩町的"乐可亭"——一间小小的新说书场工作。

三

有的说书场是由像燕晋这样的讲谈师或者落语师自己经营的，也有的是由商人、寺庙住持等金主经营的。乐可亭是以前浅草一家寺院的住持送给小妾的礼物。

"你说你叫什么名字？"

自称"系里"的乐可亭主人问道。春水离家出走时已经决意舍弃家人、舍弃姓名。今后他想成为一名够格的讲谈师，或者为讲谈、戏剧写剧本的作家，所以之前的名字已经不重要了。

"既然如此，那就起个新名字吧。"

系里爽快地说。

"我进吉原的时候，也舍弃了以前的名字，起了新的艺名。"

春水这时听到了院子里有鸟叫声。

"那种鸟叫什么名字？"

"啊，听叫声应该是桃虫。"

女主人觉得有趣，眯起了眼睛。

"那我就叫桃虫吧。"

"桃虫做人名太缺乏情趣了，那种鸟也叫鹪鹩，不过做雅号也不好听。《日本书纪》里写到大己贵神在出云岸边游玩时，曾邂逅身披鹪鹩羽毛的少彦名神。当时少彦名神自称鹪鹩，你可以以鹪鹩为姓。"

春水为女主人的博学所震惊。

"既然要讲故事，最好能了解其中的森罗万象。毕竟要说给别人听嘛。客人的直觉是很敏锐的，一眼就能看穿你是真的懂还是一知半解。"

"那么讲战争故事的讲谈师要如何了解战争呢？"

春水不解，如今世道太平，哪里都没有战争。

"战争不仅仅是刀枪的交锋。"

系里用教导的口吻说道，

"无论什么世道都有以命相搏的战斗。你父亲做小生意也好，我在青楼也好，就连老爷在寺庙，那里的人也要每天跟施主们战斗。你不也是带着拼死的决心离开家的吗？这也是一种战争啊。"

春水钦佩不已：莫非这就是启蒙？

"那你要叫什么名字？"

"不是叫……鹪鹩吗？"

"这是你在外面交际用的名字。艺人有艺名，作家有笔名。如果你有师父，倒是可以继承他的名字，不过也不可能马上继承。[9]"

"我……想一直讲下去，一直写下去。"

女主人思考片刻，写下"为永"两个字递给春水。

"永远为之。长久地做一件事未必就了不起，但如果做什么都不坚持，肯定交不到好运。当然也可能会走霉运。总之，你多去见见讲谈师和作家，找到自己该走的路吧。文姑娘，来。"

系里拍了拍手，一名少女拉开纸拉门露出脸来。一双灵动的大眼睛兴致勃勃地看着春水。

"这是我在青楼时一个朋友的女儿。朋友想当作家，所以女儿就养在我这里了。说书场的规矩就让这姑娘教你吧。"

春水改名为永正辅，寄住在说书场，一边干杂活，一边为成为讲谈师和作家而修习。

四

为永正辅春水，在这家书肆里的名字是越前屋长次郎。他用掸子轻柔地拂过书肆青林堂的书架，看着某个在书架间跑来跑去的小东西。那不是老鼠也不是虫子，那东西慢条斯理地徘徊着，发出车子轧过地面般的嘎吱声。

自从写作遇到瓶颈，这奇怪的车就出现在了春水眼前。乍一看像是左右各有两个轮子的木板车，轮子之间架着载货台，前面有拉手。如果仅仅如此，就只不过是一辆普通的拉货板车，可是拉手前还有一张像般若一样的面具，整个车身被鬼火包围着。

"喂，你妨碍我打扫卫生了。"

叫它一声，它就会退开。尽管诡异，倒也不是没有可爱之处。春水给这辆奇怪的货车起名为"凡"，但从没有对其他人说起过。

"这就是燕晋老师说的文车妖妃吗？"

它在房间角落啄起春水胡乱写下的失败作品，还有写着其他作家坏话或对他们的妒忌之情的碎纸片。伊东燕晋警告过春水，说文车妖妃会以无才之人的执着为食，让人发狂，但幸而春水依然神志清醒。

住在系里经营的说书场乐可亭很舒心。慵懒而性感的女主人身边总是聚集着很多人——姑且不论是否有人别有用心。讲谈师乐于看到这块招牌引来宾客满座，作家则希望自己的书卖得洛阳纸贵。

谁都会表面谦虚，其实都认为自己的讲谈说得最好。谁都会夸赞别人写的故事，却都在心里暗笑对方不如自己。为了压抑这种情绪，很多年轻人都拜入了师门，但春水没有。

他在说书场做杂活时悟到，能不能坐在讲台前表演，并不取决于有没有师父。说到底，最重要的还是说书场老板喜不喜欢讲谈师的表演。而讨说书场老板的欢心并不难。

春水从小就看着大人的脸色度日，很擅长察言观色，看出别人心中所想。可是，会讨人欢心和会说讲谈是两回事。

第四话 文车妖妃

战争故事的本子几乎都一样。每个讲谈师的风格多少有些不同,但故事情节连细节也鲜有变化。也就是说,表演的好坏几乎全看讲谈师的水平。

"你的故事还是不太响啊。"

每个说书场老板都这样说。

"不响是什么意思?"

"这你要自己思考。"

他看得出别人的技艺好坏,却完全不了解自己的讲谈。他往来各处去听名家的表演。虽然没有拜师,但他把所有高手都视为自己的师父。

春水认为上讲台是最好的修习方式。为人弟子总是要忙于杂务,给师父拎行李、准备烟草等等,要是这些杂务能滋养技艺,春水倒是会做得比所有徒弟都要好。

住在说书场的春水人脉渐广,大部分场子都能让他上台。但他成不了说书场的招牌,客人不会为了听他的讲谈而排起长龙。

渐渐地,就算关系再亲近,说书场老板也不叫他上台了。春水试过改名,借用已故讲谈师的名号,但名号之下依旧是为永春水,所以水平照旧。演员上不了台就只能在说书场打下手,他开始被人背后数落本事差劲。

要想继续表演,必须得找些其他工作来做了。春水开了一家书肆,做起读本生意。他每天都在看表演,所以大致能判断人们的喜好。他自己写书激不起水花,就把名号借给想成为作家的年轻人,出借名号又成了一门生意。

但求而不得的焦躁越积越重。

他人脉越来越广，认识的同行也就越来越多。自己的水平没有提高多少，反倒是眼光越来越高，耳朵越来越挑。一次，一名穿着和服便装的武士出现在乐可亭。

系里似乎认识他，和他亲热地交谈。这种人很多，春水平时不怎么在意，可翻开他留下的读本时，春水惊得愣住了。

教养之深厚、格调之高雅，以及信笔流露的诙谐幽默，实在是春水无法企及的。在他之后又有一群人走进了乐可亭，春水见到他们更是吓了一跳。

五

山东京传和山东京山兄弟、葛饰北斋、歌川国贞，通俗小说界无人不晓的大师们正和那位穿着和服便装的武士亲热地交谈着。春水在各个说书场自我推销的厚脸皮一点也不起作用了，只能斜着眼睛偷看他们。

"啊，那是高屋先生。"

系里介绍道，

"他自称柳亭种彦，是写读本的，不过还欠些火候。"

不是欠不欠火候的问题。这样的天才，要是看不出他是世间珍宝，那江户城的人简直是有眼无珠。

"你竟然会夸别人写的东西，真难得。"

"好东西当然要夸。"

但是，这份好也让春水备受打击。那是他想模仿也模仿不来的东西。他被作品背后那座巨大的智慧城池征服了，而他自己不可能建起那样一座城池。愁闷了几个月后，他去找系里，想向她辞行。今天也有客人来访，但不是柳亭种彦。

那是一个打扮奇特的男人。他像修行者一样踩着高齿木屐，外面穿着一件浅蓝色的宽袖和服单衣，容貌像良家妇女一样美丽。但那份美暗藏着某种阴郁和危险。再往下，他的下身穿着裤裙，腿上系着绑腿。

"这位是……"

系里回答说是卖药郎。

"听说，他是为了寻找物怪而旅行的。"

春水想起了家里的"凡"，但是没有说出口。

"也难怪，说书场这地方本来就像鬼屋一样嘛。"

春水半开玩笑地说道，可是卖药郎没有笑。

"真与理尚未得。"

他小声说完这句不明所以的话就离开了。

"你怎么了？表情这么严肃，你该不会是来跟我说要放弃做讲谈师了吧？"

"正是如此。"

"你年纪不大，倒是能进能退嘛。"

系里抚摸着最近开始饲养的猫咪，眯起了眼睛。

"往上爬的辛苦其实不算什么，可是往下退，你的膝盖受得了吗？"

"膝盖？"

"下坡路嘛，谁都能走，不管走得是否心甘情愿。但走下坡路时，能看清楚周围的风景，也能看清别人的才能。要一边对抗这些一边迈出脚步，心里的膝盖会疼的。不过你是个机灵的孩子，应该已经想好该怎样顺利下坡了吧。"

"……我想离开这条坡道。之前承蒙您照顾了。"

"哎呀，真是聪明。不过你再想回到这条坡道，可就没办法了。"

春水磕到一半的头停住了。说讲谈或者写故事，想再接触有什么不行？以后有兴趣了再讲就好，遇到有趣的题材再写就好。

"你忘了吗？任何地方都有战斗。说书场就是讲谈师、落语师、演员们的战场。大家都在抱着必死的决心战斗，你也看到了吧？"

"这个……"

什么时候都能回来，春水觉得自己心里这个幼稚的想法被那双细长的眼睛看透了，垂下了头。

"说讲谈、写故事这条坡道是没有尽头的，想怎么走都行。后退之前，你不妨先停一停脚步。"

紧盯着榻榻米的春水猛地抬起头：

"请您让我离开。"

他请求道。女主人惊讶地瞪大了眼睛。

"你听到我说的话了吗？"

"当然。我想离开这里，换个地方继续走这条路。我想召集和我一样的人，大家一起走上坡路。"

春水知道文姑娘正在走廊上偷听，但也没有改变心意。

六

春水徒步走到御徒町一间小小的旗本宅子。这座宅子只比俸禄二百俵[10]的商人宅院略胜一筹，不过春水长时间寄住在逼仄的说书场里，对他来说这已经堪称豪宅了。

他鼓起勇气敲了敲门，宅子的主人柳亭种彦——也就是高屋彦四郎走了出来。

"哎呀，稀客。"

"抱歉突然上门叨扰，有件事想请您务必帮忙。"

种彦脸上浮现出警惕的神色。

"……我可没钱借你。"

"我不是来找您借钱的。"

"那就请进吧。"

种彦比春水年长七岁。而且春水是平头百姓，种彦虽然俸禄微薄，但毕竟是旗本武士。

"你和我一样都是文人，不用客气。胜子，给客人泡茶。"

种彦冲屋里喊了一声，将春水引进门。

"您夫人在家啊。"

"嗯，她是国学家加藤宇万伎老师的女儿。"

加藤宇万伎出生于美浓国大垣新田藩，官至幕府大番与力[11]，师承贺茂真渊，研究国学与和歌。种彦竟然能娶到春水久闻其名的当代大学者的女儿……艳羡之情再次从春水心底燃起。

妻子把茶点放在走廊便离开了，种彦问春水有什么事。

"哦……你说合作。"

春水对种彦创作的读本《势田桥龙女本地》和《縓手摺昔木偶》赞不绝口。

"哎呀，那两本书京传老师和马琴先生都不喜欢。"

"和我合作，一定能写出让京传老师和马琴先生大吃一惊的名作。我能看出别人的才华，我从小到大听过几千场讲谈，书也读了很多，还召集不出名的作家出过书。"

种彦看着慷慨陈词的春水，如此问道：

"那么，为永先生，你想写什么呢？你为什么而写呢？"

"……我想写出受人喜欢的故事。"

"仅此而已？"

种彦漆黑的双瞳紧紧盯着春水，仿佛在探寻什么。讲谈也好，小说也罢，都要受到客人喜欢。除此之外还有什么呢？

"为永先生，我想我们没必要勉强合作。你有你的路要走，我也有我的路。"

"但我们走的都是写故事这条路，不是吗？"

"我觉得，两条路的终点是不同的。"

当代首屈一指的作家干脆地拒绝了春水。春水有经验，明白合作本就需要彼此体谅。就算方向一致，写故事时的着力点也各不相同。

"我也有想写的故事，我会尽我所能把它写到最好。"

春水只能默默离开高屋家的宅子。

七

"我爱上你了。是因为爱意吧，我的头在痛。"

春水把毛笔夹在鼻子和嘴唇中间，用滑稽的语调念念有词，毛笔掉了下来。长屋狭小的窗外，楚楚可怜的梅花正含苞待放。

田间斗笠亦堪用，水仙花居于其中……

春水随手写下脑中闪现的一句话，才想起这是给别人代笔用的上等纸。写下收件人的名字后，春水足足一刻钟什么也想不出来，现在纸上只有滴落的墨迹和他兴之所至想到的小说开头。

他把纸揉成团扔出去，文车妖妃立刻从房间角落冲出来，一口吞下废纸。

"凡，你帮我收拾废纸可以，但不要突然冲出来啊，吓我一跳。还有，有客人的时候不要露面，我不想惹麻烦。"

吞下废纸的小小木板车外观怪异，扶手上镶着般若面具，四面围绕着蓝白色的小小火焰，自然是令人害怕，但它并没有作恶。不仅如此，春水要是写了卖不出去的故事，它还会帮忙吃掉废纸。收拾干净后，它就回到房间角落，摇曳着周身的火焰，静静等待下一张废纸出现。

"别光吃，你也吐点什么出来呀。"

就算春水这样说，般若面具上睁开的眼睛也没有浮现出任何情绪。

"关键时刻什么都拿不出来，你果真是平凡的'凡'，就跟我一样。"

春水在桌上铺开一张新纸，又开始小声念叨。

河清海晏的江户城进入了文化文政这段极盛期。日本四周开始依稀可见异国船只的桅杆，但尚未惊醒沉睡的民众。

书肆青林堂将战争故事、言情故事和复仇故事等分门别类地摆放在台面上。店主翻开一本军记物语，用沙哑的声音诵读毛利胜永战死在大阪玉造的段落。

店里没有客人，门外张望的年轻姑娘见到春水在喃喃自语，慌忙离去了。春水发现客人被吓跑了，吧唧嘴合上那本军记物语。

"这么糟糕的腔调会赶走客人的。"

"这不是本町庵先生嘛。"

春水正要退回书肆里间，又急忙端正了姿势，郑重地低下头。本町庵——也就是式亭三马凭借黄表纸一炮走红，之后他写的复仇故事、滑稽故事、艺伎故事也纷纷大卖。他还发挥商业才能卖出一款畅销化妆水，积攒了一大笔财富。

第四话 文车妖妃

"阿文托你写的情书,写好了吗?"

式亭三马一副难伺候的样子,实际上也的确如此,眼睛里却总是带着笑意。至于那笑意是出于善意还是嘲讽,就要看坐在他面前的人有没有能耐了。

他今天看起来心情不好啊。

春水厌烦地想。

"你不是最擅长写风雅的情书吗?"

"哎呀,擅长自然是擅长,但恋慕之情因人而异,各有不同。要把绵绵情意说得清楚,我也得耗尽心血呀。"

见三马拿出烟管,春水麻利地奉上烟具盘。三马连谢谢都没说一声,点上火深吸一口,吐出一团烟。

"你差不多该安定下来了吧。"

"安定下来了啊。这不就开了书肆,每天努力经营。"

"我说的不是这个,是你的坏习惯。"

"我就是个有坏习惯的人。"

式亭三马苦笑一声,说了句还会再来就起身离开了。然后直到太阳落山都没有客人来,一天就这样过去了。书肆打烊后,春水烫了一壶酒,又在书桌前坐下。

一闭上眼睛,托他写这封情书的美人的侧颜就浮现在他眼前。

"文姑娘……"

只是呼唤这个名字,春水就陶然心醉。那个女孩住在春水以前寄宿的

135

说书场,她想当作家,是和春水有共同理想的伙伴。春水从系里那里离开后,才察觉自己的感情。

"春水,你认识写这篇故事的人吗?"

姑娘手里拿着一本读本,面上泛着潮红,紧致的皮肤和水润的眼睛让春水一时间忘记了呼吸。她有时会来店里买绘本和读本,看着她,春水无法回避自己的心意。少女毫不掩饰自己的恋慕之情,那耀眼的光彩让春水忘记了不甘,反而深陷其中。

"当……当然。"

"我想见他一面。我还是第一次读了一本书之后这么激动。我想向这个故事的作者传达我的心意。"

那表情和自己第一次听讲谈时一样。兴奋、恍惚、感动,还有一<u>丝丝</u>不满足,因为还想看到更多让自己心动的故事。春水因为这份欲求而对表演讲谈、创作故事心生向往,文姑娘却因此对作者柳亭种彦心生倾慕。

"文姑娘,其实……"

春水登门拜访过柳亭种彦,知道他有妻子。可是看着姑娘光彩照人的眼眸和肌肤,他说不出口。

"柳亭种彦老师曾向神佛发誓,只用作品与世俗交流。"

"真了不起……可我无论如何都想让他知道我的心意,不可以吗?我不想妨碍他专心写作,也不想妨碍他的避世生活……"

文姑娘说自己从来没有写过情书。春水告诉她,情书是非常私人的东西,还是自己写比较好。

第四话　文车妖妃

但与此同时，春水也希望与人合作写出受大众欢迎的东西，合作写情书或许能写出更好的作品。最重要的是，能和文姑娘一起做点什么，让春水非常快乐。

"我知道了。那就由我来把文姑娘写好的信交给柳亭先生吧。只是送送信的话，我可以帮忙。"

文姑娘开心地拍了拍手。那副模样既可爱又美丽，春水心中升腾起喜悦和嫉妒的火焰。

春水当然不打算把文姑娘的情书交给拒绝与自己合作，而且有妻有子的柳亭种彦。年轻姑娘见异思迁，说不定过一段时间就失去兴趣了。春水只想在此之前和文姑娘保持联系而已。

打开文姑娘的第一封情书时，春水的手在颤抖。春水既没有给别人写过情书，也没有收到过情书。花街柳巷的妓女们倒是在一夜温存后给他写过虚情假意的书信，可春水毕竟是靠写作吃饭的人，分得清那是出于真心还是为了钱不得不写。

在春水看来，文姑娘的情书热情纯真，天然无矫饰。虽然从文章的巧拙而论，简直稚拙至极仿如孩童，但字里行间满溢着对作家柳亭种彦的尊敬和爱意。

春水装作柳亭种彦给文姑娘写了几次回信，还有意无意地告诉她为什么种彦的故事如此优秀。

种彦身边众星环绕，葛饰北斋、山东京传、曲亭马琴，每个人都才华横溢。文姑娘由此知道了他们的名字，开始接触他们的作品，贪婪地吸收他们的才华。

文姑娘澎湃的爱意和超群的素养逐渐让春水难以招架。那份爱慕之心几近疯狂，透彻了解柳亭种彦后，她在情书中写下了"想见你，无论如何都要去见你"的句子，春水不禁脊背发凉。

八

"只能拒绝……"

可春水不忍下笔。柳亭种彦有妻子。你收到的信其实是我冒充他写的。文姑娘的爱意太浓烈、太殷切，让春水无法说出真相。

春水在信中委婉地表达了不能见面的意思，却已经阻止不了文姑娘。春水从她的信中感受到的已经不是爱意，而是杀气了。他握着笔发出呻吟，又不知不觉睡了过去。

是车的声音。

车轴吱呀作响，左摇右摆，仿佛迷了路。明明光辉灿烂的文学乐土就在前方，通往乐土的道路却曲折复杂。哪怕要求人帮忙，哪怕要把别人挤下去，春水也想到达那里。

你的故事不响。

什么叫不响？我明明倾注了那么多心血。一个人的心血不够，那就倾注更多人的心血。

"你要讲什么，为什么而讲？"

第四话 文车妖妃

啰唆，有人喜欢不就行了？卖得出去就行。

车戴着无表情的面具，车轴上沾满血肉，借着湿滑的血肉向前进。但是渐渐地，血液干涸了，肉脂凝固了，车子停了下来。拼命推车的春水烦躁地踢了它一脚。

可是回过神来才发现，他踢的是自己。说书场的客人、艺人，书肆里爱挑剔的客人都看不起他的故事，贬低他的作品。车子向他逼近，几乎要将他压瘪。镶在车前的面具变成了文姑娘的脸，春水害怕地大叫着醒了。

黑暗中传来刀剑出鞘的声音。

"真已得。"

春水冲到门外时，只看到黑暗中一片鲜艳的衣袖一闪而过。

每隔十天，春水会在书肆青林堂和文姑娘交换一次书信。文姑娘一向都在午时来到店里，今天却直到未时四刻还没有出现。春水心中不安，关上店门匆匆向御徒町走去。

冷汗濡湿了他的腋下。

"不能慌。"

春水怀中揣着文姑娘交给他的最后一封信。信的内容、文体、结构，信中的思慕、悲哀、憎恶全部化作一股湍流，涌向柳亭种彦。文字排列成词语后有了意义，词语组成句子后有了结构，句子变成故事后拥有了超越言语的力量。

春水全都明白，却写不出比她的情书更好的作品。

春水的绝望让脚步变得沉重。但是一想到文姑娘的激情将摧毁她自己和那位才华横溢的作家的人生，他只得继续拼命赶路。

宅子的门关着。女孩抬头去看，清透的侧脸美丽而危险。春水轻轻叫了一声文姑娘。

"这是柳亭先生……高屋彦四郎先生的宅子吧？"

女孩没有看春水，问道。

"对。"

春水为了不刺激文姑娘，一边慢慢靠近她一边点头道。

"文姑娘，有件事我必须向你道歉。"

他把自己一直冒充柳亭种彦和文姑娘通信，种彦有妻子，不能和文姑娘相恋的事一股脑儿全说了出来。哪怕文姑娘将愤怒的矛头指向自己也在所不惜。

"那么，我的最后一封信也是在您手上吗？"

春水从怀中取出情书，她却说不需要了。

"因为，柳亭先生就在这里啊。"

文姑娘说完，使劲敲了敲门。她是带着什么样的心情来到这里的呢？一定比听任何一场讲谈都更加喜悦，更加怨恨。这个"故事"是危险的。

春水决意就算硬绑也要带文姑娘回去。可是文姑娘轻轻一晃肩膀就把春水撞到了马路对面。

"文姑娘……"

"你的话完全不响。"

有怪物附在了她的恋慕之情上。一想到这全是自己一手造成的，悔悟和不可思议的喜悦涌上春水心头。随意操纵人心，让人欢笑，让人哭泣，这正是写作者的快乐。可是，若人心在这操纵下脱离轨道又当如何？这究竟是作者的错，还是放任自己陷入疯狂的读者的错……

文姑娘终于化作一辆车，正是春水平时看到的镶着般若面具的车形妖怪。

车子猛烈撞击着高屋家的大门，每撞一下宅子就摇晃一下。但是不知撞到第几次后，晃动戛然而止。门前站着一个男人，春水觉得眼熟。

卖药郎一直在躲避车子的猛烈冲撞，听不到春水说话。总是这样，春水真正想倾诉的对象总是听不到他说的话，这份焦急化作愤怒和怨恨，为了化解它们，春水一直在写作，不断向愚蠢的听众倾诉。

但还是没有人听。春水心中翻腾起愤怒，他也想像车子一样向前猛冲，撞飞那些不懂他的人的心。操纵语言的人不该性急，但他已经努力太久了！

春水恍然大悟。

那辆妖车正是以写不出作品的春水的焦躁为食。他怨恨没有才华的自己，嫉妒有才之士。那些情书不仅是少女写给柳亭种彦的，也是春水写给柳亭种彦的才华的。

"理，已现。"

卖药郎手握短剑，剑柄上的狮头咔嚓一声咬紧牙关。衣服化为皮肤上的花纹，卖药郎变成手持巨剑的剑士，如此剧变让春水看得出神。那把剑就要砍向文姑娘化成的妖车时，春水大叫一声。

卖药郎的剑将车砍成了两半，春水跪在地上双手掩面。

抬起头时，他发现卖药郎正直直地盯着自己。

"我希望你继续说下去，继续写下去。"

"你懂什么？"

"我也……坚持了……好久。今后也会……继续坚持吧。"

"为什么坚持？"

"因为不得不坚持。"

不得不……

跟祖父去说书场时，春水沐浴着从讲台上洒下的物语之光。他不正是追寻着那道光一直走到了现在吗？

"文姑娘，你的情书……"

物怪瞄准了春水。他比任何人都更为那份率直的情意而心动。春水以整个身躯去接住冲撞而来的车，怀中的情书四散在空中飞舞。他余光看到高屋家的大门打开了。

柳亭种彦和他的妻子穿着外出的衣服相携走出，似乎要出门。种彦看到春水，不好意思地轻轻抬手打了个招呼，他的妻子也恭敬地鞠了一躬，随后红着脸移开了视线。

女孩在春水的怀中呜咽。文姑娘已摆脱了物怪，但还在为破碎的恋情而痛苦。春水轻抚着她的背，想把这份感情写成故事，他的身上正弥漫着说书人特有的妖气。

1 讲谈：一种类似于评书的讲说表演。

2 读本：日本江户时代后期，受中国白话小说影响而流行起来的一种具有较高文学性的体裁。

3 黄表纸：江户时期流行的绘本，封面为黄色，内容为成人向。

4 洒落本：又称"蒟蒻本"，日本江户中期流行的短篇小说，以花街柳巷中的恋情等为题材，后因有伤风化而被取缔。

5 曾我物语：日本的一段复仇故事，根据史实改编。

6 天神大人指菅原道真，他是日本平安时代的学者，后被奉为学问之神。

7 纹付羽织袴：日本男性的礼装，指带家纹的和服短褂和裙裤。

8 汤岛天神：即汤岛天满宫，供奉菅原道真的神社。

9 日本师徒之间有袭名制，即师父去世后由徒弟继承其名号。

10 俵：日本计量单位，一般用于谷物等的计量，表示的具体量因计量对象的种类而异。

11 大番与力：江户幕府设置"五番方"，即负责幕府警卫的五个组织，大番组是其中之首；大番与力即辅佐大番组头领的武士。

第五话　　饕餮

山中甚次郎

山中家曾经是藩中三老之一,曾立下战功却最终没落。甚次郎执着于家族荣誉,在传闻有妖怪出没的古战场搜集先人先祖的遗物。一天夜里,古战场上弥漫着野兽的气味,盘踞在那里的怪物现身,向他展示了先辈的战争记忆……庚申待[1]之际,就在少年们商量着除掉古战场上的妖怪时,卖药郎现身了。

相良惣右卫门

九州月之濑藩家老的后代,在一众少年中最年长。

坪仓与兵卫

在若众宿担任目付[2],负责在外看守。目付一职通常由退隐的老人担任,这几年的目付是这位名为坪仓与兵卫的老人。

饕餮

饕餮,兽名,身如牛,人面,目在腋下,食人。(收录中国古代神话的古书《神异经》)

第五话 饕餮

一

无论在战乱时代还是太平盛世，年轻人总是满腔热血。一腔热血需要释放，他们拼命张扬自己的强大，唯恐落于人后。

他们饮酒作乐，互相争吵甚至扭打，相处中习惯按家境、能力和长幼论资排辈。山中甚次郎抱着干瘦的膝盖坐在房间一角，冷眼旁观为不值一提的虚荣而攀比的同辈们。

这是九州的一个小藩。这里有将年轻人聚集在一起磨砺身心的习俗，叫作"若众宿"。

"要是老子在冲田畷之战[3]……"

一个少年高声说道。

他肩膀和胸部的肌肉结实，看得出平时就在锻炼。上了战场一定能大展身手吧。但不到真的上战场，谁也不知道会怎么样。

"就算是岛津[4]，面对我的长枪也毫无还手之力。"

这个少年名叫相良惣右卫门，他确实拼木刀或近身肉搏都无人能敌。他在一众少年中年纪最长，又是家老的后代。若众宿虽说不拘泥身份地位，但实际上很少有人敢跟他唱反调。

"喂，甚次郎。"他忽然招呼道，"如果是你，你怎么打？"

"我怎么打？忽然这么问……"

甚次郎和他年纪相当。从前门第也相当，但甚次郎的家族在战乱中损失了许多有为之才，很快便没落了。

"山中家在我们藩里出了不少勇士。你也继承了山中家的血脉吧？说些军事策略来听听。"

甚次郎在若众宿里也算年长的，但他从不主动在人前发表见解。若众宿尊崇的是言行激烈和手腕强硬，甚次郎如此低调不是好事，但他不在意。

"我可不懂什么军事策略。"

甚次郎冷冰冰地回答。

"武士不懂战略，这像话吗？"

"现在已经不打仗了。"

"不打仗就觉得可以不学战略知识了，这是武士之道吗？"

"检视别人的行为符不符合武士之道，就是武士之道了吗？"

什么嘛。惣右卫门沉下了脸。

"真没劲。"

甚次郎起身走出若众宿。少年们会在庚申日的夜里聚在一起畅谈武道，以前还经常邀请久经沙场的老将来讲战场上的故事，但现在他们多数年事已高，忘记了过去的事，于是很久以来若众宿就只剩下年轻人了。

甚次郎走到小巷的路口，有一个声音问他：

"若众宿很无聊吧？"

"是与兵卫吗？我可没打算回家。"

"我没觉得你是那种怠惰的人，毕竟你有那样的父亲。"

第五话 饕餮

十字路口的庚申冢[5]旁坐着一位老人,正向旅行商人模样的年轻男子买东西。作为旅行商人,他的装扮过于奇特,衣着华丽,甚至颇有妖艳之感。

若众宿全由少年们打理,只有一名成年人担任"目付",负责在外看守。目付一职通常由退隐的老人担任,这几年的目付是这位名为坪仓与兵卫的老人。

若众宿让一群血气方刚的少年聚集在一处,难免产生争执矛盾,也有人会不堪忍受而逃走。

逃走的人或许是迫不得已,但是一旦逃出若众宿,不仅是自己,就连他们的家人都免不了被人在背后指指点点。因此"目付"要劝诫争执双方,维持若众宿的稳定。

"刚才那个男人是谁?"

"卖药的。到了我这个年龄,什么都不做也会旧伤复发。"

"你回去也没事的。"

甚次郎一屁股坐在了庚申冢的底座上。

"庚申日的晚上,三尸会上天,这是真的吗?"

传说人体内住着三只虫子,平日一直监视着人的行为,在庚申日的晚上,则会趁人熟睡离开身体,将人的罪过一一禀告天帝。

"谁知道呢。如果人的寿命有定数,那不管怎么防着那虫子跑走,早晚还是得死。"

"我是个怠惰的人。"

"别说这种闹别扭的话。"

与兵卫劝解甚次郎道。在这里，怠惰是对一个男人最重的辱骂，说的是不守武士本分，在敌人面前畏缩，灭己方士气的人。

"我就做个怠惰的人也没什么，里面那些说大话的人又怎么样呢？不到战场上谁也不知道。"

"也对。但怀着好战之心在想象中驰骋，绝不是坏事。"

"大家都很傲慢，觉得以后不会发生大战，所以在想象中为不会发生的战斗而激动，炫耀自己有一柄通体赤红的长矛。"

"战场本来就是男人们满足虚荣心的地方，你父亲不也……"

"别说了。"

甚次郎加重了语气。老兵叹了一口气，问他知不知道最近城中流传着奇怪的传言。

"虽然不像冲田畷那么有名，但浦田川也有古战场。"

"……我当然知道。"

九州小国——如今的月之濑藩，其领主千林家正是在这场战役中奠定了地位，当时千林家与横扫九州的岛津家交战，四周的领主纷纷臣服于岛津家，千林家与之交战无异于自取灭亡。

千林能登守[6]向丰臣秀吉求援，决然出战迎击岛津。这份决心的回报是这片小小的盆地得以守住，让全天下看到月之濑有如此勇猛之士，但代价也可谓惨痛。

大家望族均有半数男丁丧命，在漫长的防御战中，女人和孩子们也饱受身心折磨。甚次郎所在的山中家和与兵卫所在的坪仓家也不例外。决战

第五话　饕餮

战场所在的河岸被视为某种意义上的圣地。

"那里出现了怪物。"

"怪物？"

"吞噬一切，归于虚无。见到它的人，肉体和精神都会被它吞入腹中。我称它为'饕餮'。"

"我还是第一次听说这种怪物，不过古战场上出现妖怪也不稀奇吧。"

"毕竟是遗憾和怨念聚集之地嘛。"

咔嚓，有刀剑的声响。甚次郎和与兵卫猛地抬头，看见一个男人将短剑立在身前。

"形已得。"

他只留下一句话就消失了，翻飞的华丽衣摆就像蝴蝶的翅膀。

但甚次郎并不相信古战场上会出现幽灵。要是战死之人的遗憾和怨念会化作人形留在战场上，他反倒想去见一见。

战乱中死去的人不可计数。无论是月之濑藩所在的九州，还是本州、四国，乃至海外的广袤大地上也有无数人在战火中倒下。

死去的人中，究竟有多少人能甘心接受命运，平静地渡过忘川呢？如果他们都在地上彷徨，一定会是一幅令人毛骨悚然的景象。可战乱才刚刚过去不过十几年，世间又是什么模样？过去战马穿行的街道上如今都是商人和朝圣的香客，他们表情平静地走过一座又一座城池，可几乎没有听说过他们看见了怨灵。

有一种叫饕餮的怪物在吞噬亡者的遗憾，这说法令人难以置信。

在庚申冢和老人一番谈话后，甚次郎再次回到若众宿。不知是谁带了酒来，所有人都红着脸，还在大声吹牛。少年们不时打成一团，还有人抬头望着夜空放声高歌。

少年们喊累了，虚张声势耗尽了力气，就在铺着木板的房间里挤在一块睡下。只有若众宿的首领才有像样的房间和被褥。

房间里，惣右卫门头枕着胳膊，背对众人睡下了。都睡了就不会再被纠缠了吧，甚次郎这样想着，在房间的角落抱着刀进入了浅眠。

二

少年们大多已加元服[7]，但尚未继承家督之位。而甚次郎已是山中家的家主。他的家族虽一度没落，但凭借父祖的功绩，仍有再起之势。

庚申待后过了几天，该耕种宅子后院的田地时，甚次郎收到了登城[8]之令。因战乱之时家中多事，论功行赏的仪式办得简陋，所以藩主亲自过问，表示要重新操办。

甚次郎手持铁锹，紧紧盯着收到的书信，而后，他冲院子角落一排简陋的供奉塔跪了下去。说是供奉塔，其实不过是甚次郎年幼时用在战场的河岸上收集的石头堆成的石堆，勉强能看出宝箧印塔[9]的样子。

其中两座大的供奉着祖父和父亲，近旁供奉着祖母和母亲，周围的塔则供奉着跟随他们在激战中殒命的叔父和家臣。和父亲他们一同牺牲的那些勇士，甚次郎小时候不认识，长大后每当知道一个名字，就建起一座新的供奉塔。

其实甚次郎想将他们供奉在宏伟的寺院中，可是他记事时留给他的，就只有一座荒废的宅子和一小块无人耕种的田地。

战场上的功绩在于杀了多少敌人，救了多少同伴，但必须有人为此做证，于是就有了"首实检"[10]的方法，或者由战友亲口确认某人的功绩。

山中一族守在主君千林能登守所在的营部前方。山中家是家臣之长，以勇武著称，据说当时他们正面迎击敌军，没有一个人害怕退缩。

在都城陷入南北之争时，千林家在这块盆地扎根。在被称为"三老"的重臣的支持下，数百年里，千林家经历大小战争，拼死守住了一席之地。甚次郎所在的山中家正是三老之一。

甚次郎从父亲的供奉塔下取出一个仔细封好的小木盒。木盒里收藏着祖先在这片土地上扎根时，主从交换的誓约书。但这时他发现了异样。

"锁……"

定睛一看，供奉塔四周有被挖开过的痕迹。战死沙场的山中家武士，连盔甲的缝线都没有剩下，全与战场烟尘一同消逝了。战场上像样的东西都被像秃鹫和乌鸦一样的人叼走了。

尽管如此，甚次郎还是努力寻找着曾在这里作战的父亲他们留下的痕迹，收集折断的刀剑和盔甲碎片，埋在供奉塔下祭拜。

"连这些东西都要偷吗？"

甚次郎气得浑身发抖。但是，奉命登城是最紧要的。甚次郎穿好礼服，向城堡走去。世道太平之后，武士受命住在城下。按原来的地位，山中家

物怪 执

应该住在天守阁正下方最好的土地。然而现在分给他们的宅子却在城市边缘，甚至比商户的居所还要偏僻。

甚次郎推开简陋的大门走到屋外，四周深山里吹来的风已经有了冬日的气息。今年只剩最后一个庚申日，那也是他在若众宿最后的任务，以后，甚次郎就会成为千林家的臣子，一名管理财务的官吏。

月之濑藩虽是小藩，但天守阁修建得庄严肃穆，令人心生敬畏。最初只是沿着盆地南边建起了一座简陋但坚固的山城，这座山城抵挡了数万岛津军的进攻足足数十日，最终在河岸的决战中，山中家一队军力作掩护，让主力军队得以绕后突袭，取得了一场大胜。

这座庄严肃穆的天守阁正是建立在山中家的牺牲之上。这份牺牲，月之濑藩的百姓——至少记得那场战斗的人们应该没有忘记。

甚次郎深吸一口气，抑制住几近失控的情绪。有资格面见藩主的武士全都聚集在大厅，按"现在"的家族地位排座次，甚次郎的位置不在大厅的榻榻米，而是简陋的木地板。

有人撞到了甚次郎的肩膀，他抬头一看，相良惣右卫门露出轻蔑的一笑，转身走向大厅深处，在距离主君一步之遥的地方弯腰坐下。惣右卫门的父亲是藩中地位最高的家老，他是随父亲登城的。

不一会儿，侍童出现，宣布藩主驾到。众人一齐拜倒，主君千林能登守的声音从上方传来。

"让各位聚集在此，只为一件事。"

第五话 饕餮

主君缓缓开口。他年纪尚轻，与甚次郎等人相差无几，去年上一代能登守去世后便继承了藩主之位。

"我们千林家来到月之濑已有数百年，聚集在此处的人大多世代侍奉千林家。家中屡屡有大事发生，至我父亲一代，已度过了数不清的危机。请允许我向各位道谢。"

家臣们心悦诚服，低头行礼。

"另外，有件事必须告诉各位。"

主君说的事是国替[11]，这次要去的地方是奥州。

此话一出，全场骚动。世道尚未太平之时，国替并不少见，即便是俸禄高达数十万石的大名也不敢违逆将军的一声号令。

可是月之濑藩的人内心深处觉得自己是不一样的，他们几百年来始终坚守在肥前国的这片小盆地，不了解其他地方，也不想了解。幸好他们没有误判天下局势，尽管付出了巨大的牺牲，终归赢得了一份安稳。

"我们有什么过错……"

一名家臣忍不住开口。

"我们没有错，至少我这样认为。但天下政局不是我等该考虑的，此事没有对错。"

藩主接下来的话让所有人的心又沉了一沉。国替之后俸禄不变，可那里土地贫瘠，远远比不上这片千林家开拓耕耘了数百年的土地，而且气候恶劣，和温暖湿润的九州有着天壤之别。

"我发自内心地感激诸位一直以来的效忠，但是在新土地上，千林家恐怕无法如数回报给诸位。我希望大家出于忠义之心继续追随我,也希望你们明白,这条路上遍布荆棘。藩主若不厚待藩士,必将引发祸乱。"

而江户城最怕的就是祸乱。

"前些年天草和岛原的事大家都看到了吧。挑起祸端的是天主教徒和浪人,但当地的治理者也遭到了无情的肃清。前车之鉴我们可不能忘。"

家臣们面面相觑。

"您打算带谁去呢?"

有人诚惶诚恐地问。

"新土地上恐怕有巨大的困难在等着我们。在座的各位都是了不起的人物,但我不得不考虑与我族祖辈一起战斗到现在的觉悟和牺牲。也就是说,家族的战功是第一位的。"

听了藩主的话,甚次郎激动不已。

若要说战场上的功绩,没有人能胜过山中家。不一会儿,一名侍童走上前来,开始宣读将要和主君一起前往奥州的家臣名册。

地位最高的惣右卫门一族自然是第一个被叫到的。但是连物头[12]都被叫到名字之后,侍童还是没有念出山中甚次郎的名字。

被叫到的人脸上有自豪,也有不安。

那么没有被叫到名字的人呢?他们都因愤怒、不甘和羞耻而浑身颤抖,而且这种感觉还将日夜纠缠着他们。启程前往奥州的日子定在了来年春天,因为要等冰雪融化后才能出发。藩主又补充道,江户城命令千林家在出发前处理好月之濑藩的政务。

甚次郎站起身来。为什么没有叫到山中家？他们历代都位列三老，这一点无人不知。他们是在从前的决战中付出最大牺牲的功臣，主君难道不带上这个家族的家主去新天地打拼吗？

但是当所有的目光都聚集在甚次郎身上时，他却什么都说不出来了。

"甚次郎，冷静点。"

惣右卫门忍着笑意告诫他，他只好一言不发地坐下。家臣们都离开了，只剩下甚次郎愣在原地。不要说弥补先人先祖的遗憾了，他甚至觉得自己辱没了家族的荣誉。

三

月之濑藩国替前最后一个庚申待的日子越来越近。少年们之间的气氛微妙。领命随主君国替的人总是带着几分自豪，不能去的人则难掩失望。

与此同时，城里传出了奇怪的传言：古战场河岸上的妖怪甚至来到了大道上，加害来往旅人。而管理领地内的道路同样是藩国的责任。

很多人说国替当前发生这样的事不吉利，而甚次郎不以为意，他每晚都去传说有妖怪出没的古战场，继续寻找先辈的战争遗物。

"我不甘心。"

他匍匐在地，凭借微弱的灯光寻找战争留下的痕迹。身后好像有人靠近，他也不在意。他想找到新的先辈战斗过的痕迹，能找到他就满足了。

"到此为止吧。"

甚次郎一直觉得这里气氛古怪，但还是第一次听到有人说话。他吃了一惊，抬起头来，只见不远处坐着一个人。那人头上裹着白布，脸上化着脸谱一样的妆。

"……我之前在若众宿的地方见过你。"

"我是旅行的卖药郎。"

"我不认为这深更半夜、荒无人烟的河岸上会有病人。"

"我面前就有。"

"我没有病，也没有疯。倒是你，深更半夜站在荒无人烟的河岸上，你才奇怪吧？"

卖药郎没有回答甚次郎的问题。甚次郎借着微弱的灯光仔细一看，卖药郎身边放着巨大的行囊，看起来确实是旅行商人的样子。

"太强的执念最终会成为饕餮的食物。"

"饕餮？啊，是与兵卫说过的古战场妖怪吧？"

"饕餮吞食野兽，吞食财物，吞食灵魂。贪婪就是它力量的来源，连神明都对它无可奈何。连自己的四肢都吃下，就算只剩下一颗头颅，它也要继续吞食。"

"哈。"甚次郎冷笑一声，"吞食财物，吞食灵魂？我已经一无所有了。它要吃我就随便吃吧。"

"你希望这样吗？"

我对素不相识的人瞎说些什么？甚次郎有些懊恼。但一转眼就不见卖药郎的身影了。他站过的地方弥漫着浓郁的野兽臭味，野兽的臭味中混杂

第五话　饕餮

着铁锈的气味。甚次郎悄悄靠近臭味的源头。为了不被发现，他灭了灯，只有阴沉的夜空发出微弱的光。

有大型野兽的呼吸声和贪婪进食的湿乎乎的咀嚼声传来。刚才那个卖药郎恐怕是被吃了，甚次郎握住太刀的刀柄慢慢靠近。随着步步靠近，巨大的形似牛头的怪物的头露了出来，这时声音突然变了。

他听到了金属的碰撞声，还有马的嘶鸣声。

"等一下！"

甚次郎猛地抬起头。这是残存在幼年记忆中的父亲的声音。他终于找到飘荡在古战场上的父亲的未偿夙愿了。甚次郎忘记了对妖怪的恐惧，朝父亲声音的方向跑去。

但是有人抓住了他的手。

"为什么阻止我？"

他顺着卖药郎的视线看去，那里展开了一片战场。先辈列阵的地方，正是古战场的河岸。那是挡在主君身前，死守大本营的阵型。晨雾笼罩的前方，上万敌军等待着突击的号令。

"我……"

我想加入他们。好歹我已经成人了，不再是襁褓中的婴儿，我也想手持一把短刀站在阵列的边缘。那时，母亲和祖母也加入了战斗。她们虽是女人，但据说射箭舞刀的本领不让须眉。

敌阵中传来震耳欲聋的鼓声。伴随着波浪冲刷河岸的声音，一团黑色的影子开始移动。那片像森林一样的黑影，是万千敌军举起的军旗和长枪。

我们的兵力这么少吗？甚次郎为战场的景象所震撼。传闻岛津军在山城的攻防战中兵力大减，眼前所见却似乎毫发未损。

与之相比，以山中家为首的千林军不仅人数少，武器明显也更朴素。尽管如此，却没有一个人面露惧色。在若众宿听到的那些不入流的战争故事，总是说双方交战时会红着眼睛大声怒吼，原来真正的战场竟是如此安静的吗？

喜怒哀乐万般情绪都被平静的战意掩盖，敌军已经很近了，几乎能看清他们的身影。这时，甚次郎的父亲猛地朝天举起金扇[13]。

这是打破静谧的信号。

数十道炮烟被大军突进的隆隆脚步声震散。朝天高举着的扇子依然在朝阳中闪闪发光。直到敌军先锋近在眼前，连面容都清晰可见时，金扇才倒下。

信号一出，山中军一齐冲向丸十字[14]旗。正面迎击的岛津军难抵冲击节节败退，这却是岛津家祖传的"钓野伏"战法[15]，是诱敌深入的陷阱。

乱战之中识破陷阱谈何容易，山中军却化寡兵为优势，亦攻亦守，始终不落入陷阱。可是在战场上，寡兵与战败不过一线之隔，减少一个人都是致命的打击。

山中军抵挡着敌军压倒性的攻势死守大本营，武士们一个一个在乱战中丧命，终于，岛津军旗如潮水一般吞没了千林军旗。

这时，黑暗笼罩了整个战场。在乱战中力竭的士兵们抬起头，只见不知是牛是羊的不祥兽首以压倒群山之势悬在空中。

第五话 饕餮

妖怪将战场上的士兵不问生死尽数吞吃，战场河岸很快重归静寂。战场上的一切都被这只双头怪物吞食殆尽，胜与败、欢喜与遗憾、喜悦与悲恨，一切都被吞噬，河岸找回了古战场的寂静。

寂静之中站着一个男人，和战场格格不入。卖药郎仿佛是盛开在荒野的鲜艳彼岸花。男人盯着甚次郎。烦人。甚次郎说了句"不要管我"便移开了目光。

从那以后，甚次郎每天晚上都要去河岸看那副景象。无论看多少次，山中军都是全军覆没，父亲、母亲、祖父、祖母，还有支撑着这个家族的年轻武士全都在铅弹和刀刃之下丧命。

主君明明知道这一切，为什么不承认山中家的功绩？尽管如此，每天观看先辈奋战的英姿，依旧让甚次郎心潮澎湃。过去他只从别人口中听说过先辈的英勇，如今却得以亲眼见证。虽然最终惨败，但他们力战到底是不争的事实。

看着盘踞在古战场上的怪物，甚次郎明白，正是它让他每天看到战场上的记忆，再将一切吞噬、反刍。卖药郎说那怪物是吞噬一切的"饕餮"，但它不过是将吃掉的食物复原，再次享用，那又谈何怪异呢？不过与牛羊无异。

甚次郎甚至觉得那怪物可爱，因为它会让他看到期待中的景象。

四

国替在即，若众宿也不像从前那么热闹了，但……

"尽管此后大家将分处奥州与月之濑藩两地，但我们不能忘记身为千林家家臣的骄傲。"

惣右卫门时常这样盛气凌人地训话。

"我们统治月之濑藩数百年，以勇武著称，正是在这种时候，才更要将这份勇敢刻进彼此的灵魂。若情况危急，必要跨越万里山河，相互支援。"

半数少年精神抖擞地应和，半数则冷眼相看。

"今天是最后一个庚申待。无论是走是留，这一夜，将考验我们之间的情义。"

少年们面面相觑。

"古战场的河岸上出现妖怪的传闻已经传了一年。为了不被即将来到月之濑藩的新人看扁，我们必须让那怪物见识见识千林家家臣的勇猛。"

"要走的和要留下的都选出代表吧，谁去呢？"

一个少年问道。

"众所周知，过去月之濑的三老是我们相良家、山中家和土田家。大家也都知道，土田家早就绝后了。我会跟随主君前往奥州，山中家的家主则会留在这里。由我们二人去，不是正好吗？"

甚次郎像平时一样竖起单膝坐在房间一角，并没有仔细听其他人说话，他摇头拒绝。

第五话 饕餮

"你到最后都是个怠惰的人啊。"

"有工夫做这种无聊的事,不如去帮忙准备国替。"

"看来山中家的家主就是害怕妖怪。有没有哪位勇士愿意和我一起消灭妖怪?我一定会禀告主君,好好嘉奖各位。"

这样一来,不举手就可耻了。若众宿一时陷入骚乱。对月之濑藩的人来说,古战场是一片圣地,年轻一代之所以能在庚申日喧闹玩乐,也正是因为先辈在那里奋力击退了岛津大军。

飘荡在古战场上的妖怪,在少年们眼里就像旧时代的残骸。他们意气风发,把刀挎在腰间,准备出发降妖除魔,这时若众宿的门猛地被打开,一个男人走了进来。

"那里不是你们玩闹的地方。"

看到卖药郎出现在若众宿,甚次郎大吃一惊。

"与死亡共生、以怨念为食的妖怪,你们看不透它的真与理。"

惣右卫门看着卖药郎冷笑一声:

"你就是卖药给这个老家伙的人吧?"

"正是。"

"这个老家伙说他有很多同伴战死沙场,唯独他自己全手全脚地活了下来。这是为什么呢?"

老人咬紧牙关,说:

"我不许你们这些活着的人侮辱牺牲者。你们不能跑去河岸胡闹。"

少年们不顾与兵卫的阻拦,往河岸走去。老人挡在了他们面前。

"与兵卫，不是只有你们这些老人可以战斗。以后是我们年轻人来继承家业、扶持主君。打倒古战场上的妖怪，证明我们忠于主君的决心，有什么不好？"

"你们可以用其他方法证明。"

"那你会给我们准备战场吗？你会给我们英名远扬的机会吗？"

惣右卫门傲慢地发问。

"战场不是满足虚荣心的地方，也不是供你们玩乐的地方。抱着这种心态作战，就算敌人只是一头野兽，你们也会丢了性命。"

"胜败乃兵家常事。"

"这不是随随便便能说的话。不过既然你都说到这个份上了，那就去吧。那片古战场上残留着在战斗中燃尽生命的人的执念和怨恨，你们不要被卷入其中，落入修罗道。不然，最后会变成饕餮的食物。"

"修罗道，正合我意。"

惣右卫门和其他少年轻蔑地看着与兵卫和甚次郎，语气高高在上。与兵卫死死盯着少年们的背影。

"甚次郎大人，您不去吗？"

老人的问题让甚次郎一时无法回答。

"那片古战场不能随意践踏。我希望在那里牺牲的人能安心长眠。"

但是另一方面，甚次郎又希望还在享受生命的人能看到自己的父母和家臣战斗的样子。

"河岸的妖怪可以让人看到战斗的景象，我必须保护它……"

说话间，古战场的幻影又浮现在甚次郎的脑海中，战争的记忆呼唤着他。他急忙起身，不愿落在人后。

"甚次郎大人，不可以。"

甚次郎不顾眼前的眩晕，推开与兵卫跟在少年们身后。

五

城中到古战场河岸有将近五里路。道路在夜雾笼罩下看不真切，但一步步靠近河岸，逐渐能听见喧闹的声音。

好像有人在身旁奔跑，本以为是与兵卫，其实是卖药郎。卖药郎并没有开口说话，但甚次郎感到了奇怪的心安。

一想到惣右卫门等人也将看到古战场的妖怪每晚向他展示的景象，甚次郎既开心又不甘。只要看到那幅景象，他们就会知道山中家曾经多么骁勇。可少年们来这里是要消灭展示古战场景象的妖怪，那就另当别论了。

"我必须保护它。"

他不知何时拔出了太刀。前方响起刀剑的碰撞声和枪声。他挥舞着太刀闯入英勇的呼号和临终的悲鸣之中。钢铁碰撞着，一张张面容之上是血红的眼睛和紧咬的牙关。血汗与粪尿的臭味在风中混合。

这就是战场。

这和少年们在若众宿肆意想象的战场截然不同。不知不觉中盔甲就变得伤痕累累，刀刃残缺布满豁口。尽管如此，甚次郎依然挂着口水和鼻涕继续战斗。他想就这样在先辈战斗的记忆中永远战斗下去。

但就在这时,一名身着铠甲的武士挡在了他的身前。武士背对太阳,长枪插在地面上,那副威风凛凛、泰然自若的模样颇有大将风范。

"你要看到'真'。"

他语气平静,但甚次郎还是像被呵斥般缩了缩身子。是他从未受过的父亲的呵斥。但他很想反驳,他想让所有人知道真相。父亲目不转睛地盯着战场,那里到处都是敌人,践踏着战友的尸体。

剩下的就是吓破胆的少年们,他们脸上的表情,甚次郎再熟悉不过了。

"这才是战争的真相!"

甚次郎很想大喊。是在那份凄惨和恐惧之上,才有大家今日的生活。明白了就回来吧!恐惧到失禁的少年们面容僵硬。但他们看不到甚次郎。害怕得缩成一团的少年们身上落下一片阴影。

咔嚓,卖药郎的退魔剑响起。

"真……已得。"

甚次郎抬起头,让他看到战场记忆的饕餮正低头看着他。它闪着金光的双眼空洞无神,张开嘴准备再次吸入战场的记忆。

"不要吃了,这些家伙不是战场上的人!"

可是饕餮充耳不闻。

饕餮吞下了甚次郎的愤怒和少年们的恐惧。失去意识前,甚次郎再次看到了父亲的身影,父亲昂首挺胸站立着,准备踏入战场。

随后那个身影缓缓向前倒下。他不是在交战中倒下的,而是受到身后的偷袭而亡命。此时岛津军掉转方向，开始撤退。

刺杀父亲的人准备渡河逃走。他转过来的一瞬间，甚次郎瞠目结舌。

"与兵卫……"

这名残酷战争的幸存者，安度余生的老战士，他怎么做得出这种残忍可怖的事？

"你看到真相了吧？"

背后传来一个声音，冰冷的刀刃抵在甚次郎背上。

"山中军守护的是空无一人的营部。千林军的策略是牺牲我们，主君率领主力从背后重创敌军。"

"父亲也是千林家的重臣，制订策略他不是也参与了吗？"

"不能让山中军对这次交战起疑。"

"就算有疑虑，他们也绝不会畏惧退缩。"

"一定要骗过敌人，只能如此。"

仿佛听懂了与兵卫的话一样，退魔剑又咔嚓响了一声。

"那你为什么要杀他？！"

与兵卫的表情第一次因痛苦而扭曲。

"因为山中大人发现了。"

"发现自己被当成弃子了吗？"

"不……我们绝不是弃子。"

甚次郎盯着表情扭曲的与兵卫：

"这是主君的命令吗？"

与兵卫收回对准甚次郎的短刀，抵在自己的腹部。甚次郎扑过去从他手里抢下短刀。就在这一瞬间，与兵卫发出了可怕的尖叫声，那声音仿佛无数马匹和山羊在耳边嘶鸣。饕餮即将吞噬一切。

"理，已现。"

平静的话音刚落，剑柄上的狮头咔嚓一声咬紧牙关。

卖药郎变成了一副奇怪的模样，和甚次郎所知道的战斗中的武士形象截然不同，他赤裸的肉体上浮现出火焰般的花纹，脸上的脸谱颜色变得更深。

退魔剑与饕餮的牙齿相撞，每次撞击都令河岸震颤。饕餮饱食了战场上的遗恨，正激昂亢奋，承受着卖药郎的劈砍却毫不畏惧。现在已全然不是两人在黑暗河岸上交谈时的寂静光景，激烈的斗气搅得河面翻涌。

这是真正的战斗。毫无疑问，那个卖药郎也是为战斗而生的人。父亲曾经像他一样战斗过，甚次郎不希望那段记忆、那段事实被歪曲。就算主君对此一无所知，就算其他将领视而不见，这也是不可改变的事实。

已经晚了，我救不了父亲，救不了山中家。

远离人群，独自舔舐伤口，怨恨他人。

那样才不是战斗！从现在开始也不迟，中山甚次郎的战斗要开始了。

就算没有饕餮那样的物怪吞食、反刍历史，我也要让历史流传后世。这是活在和平年代的人的使命。甚次郎拼尽全力呼唤父亲和母亲，呼唤所有他知道的、将性命交付给山中家的族人。

就在这时，把卖药郎逼入绝境的饕餮突然静止不动了。两颗巨大的头

第五话 饕餮

颅开始出现异样的凹凸，青铜色的皮肤射出无数道细小的银白色光芒。

甚次郎看到了父亲的长枪枪尖，看到了母亲的长刀刀刃。在痛苦挣扎的物怪身前，卖药郎挥下了退魔剑。

※

大名之间常要奉幕府之命进行国替。国替之时，上自大名下至家臣都要举家搬迁，同时新的大名和地方官来此上任。并不是每个家族一一搬走便可了事，还要将留下的东西整理交接给后任官员。

月之濑虽是小藩，但制作城内外备品目录、交接城堡、接待幕府和朝廷派来的上使等事务也十分庞杂。

负责这些事务的正是山中甚次郎。他作为月之濑藩千林家"三老"之一的家主完成了交接，而后舍弃了武士身份，归隐田园。

但他归隐之后，据说来宅院参拜供奉塔的人络绎不绝，人们相信，那里供奉的是在这片土地战斗过的守护神。

物怪 执

1 庚申待：在庚申之日彻夜祈祷的仪式。日本有"庚申信仰"，即认为人体内有"三尸虫"，会在庚申日上天禀报人的罪过，若彻夜不睡便可阻止三尸虫升天。
2 目付：日本江户时代的职名，担负监察之职。
3 冲田畷之战是日本战国时代的一场战役。
4 岛津指岛津家久，冲田畷之战中的名将。
5 庚申冢：根据庚申信仰而建的供奉石碑，也叫庚申塔，一般设置在路旁。
6 能登守：官职名，即管理能登国的长官。
7 元服：日本古时男子的成人仪式。
8 登城：指武士因公入城，拜谒主君。
9 宝箧印塔：佛教供奉经文和舍利的塔，可用来祈福。
10 首实检：武士砍下敌方首级，交由己方大将判定，作为论功行赏的依据。
11 国替：江户幕府的统治手段之一，让大名互相交换领地，从而避免久据一地势力扩张。
12 物头：武士职衔之一，弓箭队、步枪队的头领。
13 金扇是德川家康的马印。马印是日本战国时期在战争中用于指示武将所在位置的标志物，有鼓舞士气的作用；马印倒下则意味着败退。
14 岛津家的家纹是丸十字，即圆圈里画着一个十字。
15 "钓野伏"字面意思是"钓鱼""埋伏"，即正面一队先攻后退诱敌追击（钓鱼），两翼伏兵夹击敌军（埋伏），最终形成三面围攻之势。

第六话　　野篦坊

东条忠义

直参旗本[1]，武艺出众，受到若年寄[2]的器重，被提拔进书院番组[3]。妻子椿和稳重的长女竹在本乡失踪。忠义为了将小女儿枫送进大奥[4]，一直精心培养她的武艺和学问。

东条枫

忠义的女儿，从小接受严格训练，努力练习居合术[5]，在实战练习中水平不输男子。熟读四书五经，努力精进学问。她一直惦记着母亲和姐姐的行踪。

吉野

枫的邻居兼好友，和枫同年。

堀田扫部

向忠义下达了消灭本乡前田藩邸附近的妖怪的命令。

野篦坊

那个女佣打扮的人转过身。她放下袖子,用手抚摸自己的脸。商人定睛一看,那张脸上既没有眼睛,也没有嘴。(小泉八云《貉》)

第六话　野篦坊

※

"竹，快一点。"

每次椿出声催促，稳重的长女都抿紧嘴唇点点头。

太阳落山后不能出门。

明明丈夫叮嘱过，椿懊悔地急匆匆往家里赶。小女儿出生后，她就将大女儿托付给母亲照顾。原本以为这个季节天黑得晚，可一回神就已经接近黄昏了。

母亲在本乡加贺藩邸做工，椿的家在御徒町，相距不远，但来往两处的必经之路上有个荒凉的路口，就算是白天也少有行人。护城河畔的柳树在夕阳下随风摇曳。

要是听母亲的话，在她那里住一晚就好了，可是椿又不放心把襁褓中的小女儿交给丈夫照顾。她牵着女儿的手穿过被风吹动的柳树时，一个黑影悄悄滑了过来。

椿立刻抱起女儿跑了起来。天下太平已久，只要有行人来往，江户就算是一个治安良好的城市。可要是在人迹罕至的小路，就不知道会遇到什么样的危险了。母亲不是提醒过吗？

"站住。"

有人追上来一把抓住椿的肩膀，她一个趔趄摔倒在地。那人手里握着一把她从未见过的厚刃刀。

"这么漂亮的脸蛋,留下来。"

"你要什么我都给你,只求你放过我女儿……"

她紧紧抱在怀中的女儿被压倒性的蛮力一把拉走。"啊——!"的一声,男人发出粗哑的惨叫。

"母亲,快逃!"

但是下个瞬间,女儿的脸上喷出了鲜血。男人丑陋的脸扭曲着,刀刃闪烁着光芒。

"竹!"

美丽的女儿没有了脸,原本是鼻子和嘴巴的地方涌出鲜血,然后消失不见。白刃已近在眼前,椿还是不停抚摸着女儿的脸。

一

为父母尽孝!

为夫君守节!

为主君效忠!

少女在尚显昏暗的宅邸角落里一遍遍念诵。此外,还要勤勉、慈善,做了母亲之后要爱护孩子,要勤学不息、要保持美貌……

"今天一天也要强大、纯洁、聪慧,加油!"

第六话　野篦坊

结束了每天早晨的宣誓，枫系好束衣带开始做家务。空荡荡的宅邸里没有人的气息，院子也是一派荒凉破败的景象。但走廊的地板被擦得光可鉴人，纸拉门的门框也一尘不染。

言行不一则无意义。枫时常被教导说没有内涵的女人无法进入大奥。仅仅是修妇道还远远不够，唯有修妇道至极者才有资格侍奉天下之主，成为他的妻子。

打扫完房间、做好饭后，阳光开始洒入庭院。院子角落有一个小小的道场，已是直参旗本的父亲东条忠义会在那里练习居合术。关口流的柔术和居合术，据说是东条家的祖先过去侍奉纪州公时学会的。枫也在父亲的严厉教导下练习，水平之高，与男子对战也不落下风。

"父亲大人，早饭准备好了。"

枫在道场外轻唤。

"要强大，要纯洁，要聪慧，最重要的是要保持美貌。"

忠义每天都严格训导女儿。枫对前三项多少有些自信，她修身养性，除练习之外从来不与男子交谈，还熟读四书五经，努力精进学问。

但是美貌呢？

枫在手镜中端详过自己的脸。父亲甚至会教她修眉，教她化合宜的妆容。他还带她赏花，说要带她进城看看美丽的事物。到了城里，街上来往的人多得惊人。

"你必须比这里的所有人都要美丽。"

父亲的教诲必须谨记遵行。

"我该怎么做才能变美呢？"

束手无策的枫曾经问过父亲。在其他事情上，父亲和老师可以给她诸多指点，她自己练习后也能找到窍门。唯独美貌她无计可施。

"不用担心。"

父亲对任何事都有明确的答案，却在这件事上含糊其词。

"这件事我会想办法，你只管每日勤加练习。"

既然父亲这样说了，枫只能沉默。可是父亲的"办法"有时会让她感到为难。尤其是像那天上午，旅行商人上门时那样。

枫本想在父亲出来前逐客，可她还没开口请他离开，走廊上已经传来了脚步声。

"枫，你去道场练习挥剑。"

父亲吩咐完，就在玄关和旅行商人攀谈起来。但今天这位卖药郎和往常来的人不一样，他的面容像狐狸一样妖媚，穿着像歌舞伎一样华丽，举止却像剑道高手一样沉稳、毫无破绽。

父亲向卖药郎买的大多是不知名虫子的腌制物、烧焦的蛇或蜥蜴之类的东西。枫饱读日本和中国书籍，多少懂一些药理知识，但她实在不认为烧焦的蜥蜴能美容。

尽管如此，一想到这是父亲用并不丰厚的积蓄为自己购来的，枫就无法拒绝。她没心情在道场挥剑，坐在院子里叹气，这时邻居家的女儿吉野从围墙的缺口探出头来。

"你父亲好像又要让你吃奇怪的东西了。"

第六话 野篦坊

"还不知道是不是呢。"

枫叹了口气。

"因为小枫你长得好看,所以你父亲对你有期望啊。我不像你这么漂亮,父母早就放弃把我送进大奥了。"

在遇到吉野之前,枫一直认为只有磨炼自己,勤奋学习,听父亲的话进入大奥才能过上幸福生活。可是看着吉野,她的信念动摇了。

"我特别羡慕小枫。"

吉野总是这样说。

"你要是进了大奥成了贵人,可不要忘了我呀。"

"我当然不可能忘记啦。"

吉野是枫唯一一个年龄相仿的朋友。她不会剑术和柔术,也不会背诵四书五经。可她知道很多枫不知道的事情,比如哪家茶屋的团子好吃,哪个小摊的荞麦面好吃,怎么做出美味的牡丹饼,怎么把腰带系得松一些,等等。

"要是我说不进大奥了,父亲会是什么表情呢?"

枫信任吉野,所以敢随口说出这种话。然而平时总是微笑着听自己说话的吉野,在这时候却会变得很严肃。

"在你父亲面前可千万不要这样说。虽然练习剑术、钻研学问很辛苦,可现在能做到的也只有小枫你了。"

"我明白的,只是说说而已。"

枫也明白吉野为什么这么说。只是有时,她希望有人能明白,那些事情对自己来说是沉重的负担。

二

　　照镜子时，枫并不知道自己的脸是美还是丑，但别人的长相她能看得出。吉野说自己长得不好看，但在枫的眼中，她圆圆的脸蛋和耳垂特别可爱，有一种总也看不够的美。不仅是她，街上的大部分姑娘枫都觉得比自己好看。

　　枫打扫完佛龛，供上鲜花双手合十。

　　认识母亲和姐姐的人都说她们是美人，说她们既聪明又纯洁。枫想追上她们，可是已经不记得她们的样子了，所以也不知道该如何追赶。

　　佛龛上端端正正地摆着两个香囊。枫拿起来闻了闻，还散发着微微的白檀香。但又和单纯的白檀香有些不同，枫把这当成母亲和姐姐的味道，一直珍藏着。

　　"枫，你在吗？"

　　听到父亲的声音，枫急忙答应。看来父亲已经和卖药郎说完话了。今天来的不是平时那个油光满面的胖男人，而是一个年轻男人，他细长的眼睛、脖子到肩膀紧实的肌肉，都让枫印象深刻。

　　"今天的不是蛇粉，这可是个绝品，据说只要用了它，就能得到倾城的美貌。"

　　"绝品？"

第六话 野篦坊

"对,你来看看。"

枫取出包在怀纸里的小纸包,凑近闻了闻,有栀子花的清香。确实不是蛇虫之类的东西。打开纸包一看,里面是一张带着湿气的纸。

"这是……"

"好像是用美丽的花朵的露水浸湿的纸。"

枫觉得奇怪,又闻了闻,只闻到芬芳的花香。纸应该是用花上的露水润湿了,触感很好。最神奇的是,它在风中也不会干燥。

"我沐浴之后试试看吧。"

"嗯。还有,我终于找到进入大奥的门路了。"

"当真?"

虽然有犹豫,但枫还是开心的。不过枫明白,以旗本武士女儿的身份,就算进了大奥,要想在那里出人头地也非易事。

俗话说"一引二运三美貌",若没有御年寄[6]这种高位女官做靠山,无论如何才华横溢、容貌出众,都得不到引荐。当然,投将军所好还是要凭自己的努力,但更多是靠运气,毕竟大奥中汇集了全天下的美女。

为了实现这三点,父女二人日复一日竭尽全力,现在父亲的努力终于结出了一颗果实。

"调入书院番组的事终于有结果了,之前的努力总算没白费。"

太平之世,旗本武士多是领一个小普请[7]之类的闲职度日。而忠义仍然勤修武艺,有什么任务都主动揽下,因此给若年寄留下了好印象,被提拔进了书院番组。

"这也是多亏了我跟若年寄堀田扫部大人交好。堀田大人的妹妹是大奥的御年寄,我经常跟扫部大人说,希望能引荐你进大奥,终于成了。"

听到这话,枫拍了拍手。

"终于得到'一引'了。"

忠义重重地点头。

三

书院番每天都要出勤,负责将军出城前的检查和警备、城门警备、西之丸[8]警备等诸多事务,不过能在城堡中枢工作是旗本的光荣,这也是份需要随时保持警惕的工作。

这天,忠义刚刚出勤,就被上级若年寄堀田扫部叫去了。

"十天之后,将军大人要去趟加贺前田藩邸,然后去宽永寺。我想把探路的工作交给你,不过有件事我不放心。"

加贺藩邸位于本乡,本乡就在中山道旁,商人往来很是热闹,但加贺藩邸那一带都是占地宽广的武士宅邸,所以人烟稀少。

"听说那里出现了名叫野篦坊的妖怪。"

"野……野……野篦坊?"

"好像是个没有眼睛、鼻子,也没有嘴巴的妖怪。传说是来自东方之国的肉块样的怪物,名叫'封',不过传闻不知真假。因为它没有眼睛、鼻子,所以也不知道究竟长什么模样,想抓捕或镇压它的人都无从下手。"

第六话　野篦坊

忠义大吃一惊。堀田扫部性格严谨正直，从来没听他说过什么灵异故事。江户百姓之间流传着这类传说，忠义也知道，并没有太当真。但堀田毕竟是上级，忠义保持着严肃的神情等他继续往下说。

"听说一有长相标致的男女路过，它就会拉着他们的袖子说，留下来，留下来。"

堀田扫部为人比忠义还要正经，忠义听到他说这种话，险些笑出声来。不过忠义深知上级说话时笑出声有违武士精神，所以他忍住了。

"如果不按照那妖怪说的做，就会发生可怕的事。"

堀田接下来的话让忠义也笑不出来了。

"剥下脸上的皮，太残忍了……"

"我向加贺藩邸的熟人打听过了，听说早在十几年前就有这样的传闻。比如傍晚时分经过那附近的姑娘突然消失，发现时脸被剥掉，形容凄惨……总之，将军大人要经过的地方有这种怪事，实在让人不放心。"

"您是要我去查这怪事的真相吧？"

"正是。你要多少人都行。不过那妖怪似乎十分谨慎，加贺藩邸也派出过不少人去周围探查，丝毫没有发现那妖怪的踪迹。这个任务好好办成了，你之前说要送女儿进大奥的事，我一定帮你牵线搭桥。"

"不胜感激。"

但有件事让忠义心中不安。

"你有什么担心的，尽管说。"

对工作上的事，堀田扫部愿意听下属的进言，当然，像忠义这种书院番下级官吏和武士的意见未必能通过,但他至少会听。

"我的妻子和女儿也是在那附近失踪的。"

"啊……是这样啊。"

扫部同情地低下了头。

"后来有什么线索吗?"

"没有,身边的人都说是神隐[9],但我总觉得她们两个一定还在某个地方平安生活着。"

"希望是这样……总之,本乡这个妖怪的事就拜托你了。"

消灭了妖怪就有门路进入大奥。堀田扫部的承诺让忠义很开心,他们终于可以向目标前进了。可是女儿听说父亲要去消灭本乡的妖怪时,却露出了不安的表情。

"本乡,不就是母亲和姐姐失踪的地方吗?"

"对,所以我更要揭穿妖怪的真面目,说不定能找到椿和竹的下落。"

"我担心……父亲大人有个万一。"

"你也太小看我了。"

忠义把手搭在女儿肩膀上。

"我舍弃了从前那种碌碌无为的日子,比所有人都更努力地勤练武艺,最终当上书院番……我做这些全都是为了你,为了失踪的椿和竹。你也知道我练习得有多努力吧?那个妖怪不会是我的对手。"

努力打消女儿的不安后,忠义走出了宅子。

第六话 野篦坊

从御徒町走到本乡，几乎在都城绕了一圈。城内是大大小小的大名、旗本宅邸，还有一排排商铺和长屋点缀其中。身处江户城之上，便能俯瞰这无数人间烟火，那里就是天下的中心。

如果女儿能进入其中……忠义咬住嘴唇。无数能力远在自己之上的武士守护在那里。成为书院番后，他再次意识到旗本之中能者众多。他也亲眼见识到，只要幕府一声令下，无论多么位高权重的大名都会从世上消失。

"枫只有进入那里，才是最安全的。"

当差自然有辛苦之处，可是比起突然失去妻女的痛苦，简直不值一提。

本乡前田藩邸的大门是鲜艳的红色，这代表有将军家的公主下嫁至此，是荣誉的象征。将军宠爱出嫁的女儿，常常来访。这显要之地附近竟出现了会剥掉行人面孔的怪物，确实不能置之不理。

越远离中山道，人烟越稀少。忠义来到堀田扫部说有妖怪出没的地方，沿着围墙径直向里走，四周越发荒凉。正当此时，夕阳西斜，立在围墙旁的柳树也显出凄怆之意。

忠义所学剑术的修行之一就是锻炼夜视能力。哪怕在昏暗的新月之夜，他也能看清数间之外的人。

黑暗中，似乎有什么东西在盯着他。这是恐惧引起的幻觉，还是妖怪瞄准猎物的视线？这时——

"留下来。"

一个声音响起。这就是扫部说的妖怪吗？忠义悄悄握紧剑柄。这一声听不出距离，似近而远，奇异的声音。

"留下来。"

在战斗时发出声音是不智之举,一旦出声就向敌人暴露了自己的位置。然而反过来也可以利用声音设下陷阱。忠义又一次听到了声音,但来自不同的方向。是有两只妖怪吗,还是那只妖怪有操纵声音的本事?

不管怎样,下次听到声音时就要挥刀。忠义平复着心跳和呼吸,手指轻轻搭上剑柄。对方应该也在借声音判断双方之间的距离。登时,忠义瞠目无言。那东西确实是人的形状,但它没有头发,没有脸,也看不出性别,只是一堆伫立着的人形肉块。这似人非人的凶厄之相令忠义惨叫出声,这时那只妖怪消失了。剑柄的咔嚓声响起,那个眼熟的男人就站在眼前。

"野篦坊,形已得。你无法斩杀那只物怪。"

"你……是前日的卖药郎吧?无法斩杀,是什么意思?"

"形、真、理尚不明。"

说完,卖药郎消失在黑暗中。忠义回过神来环视四周,发现刚才还弥漫在附近的瘴气已经消失。

"……什么形、真、理。下次再让我见到那只妖怪,我一定会消灭它。"

忠义径直回到了堀田扫部那里。

"原来如此,你遇到妖怪了啊……"

忠义一时觉得奇怪。明明是扫部说有妖怪,他才前去查看的,为什么现在扫部却一脸惊讶呢?但他惊讶的表情很快消失了。

"你看不清它的样子也是当然的。"

"这是什么意思?"

"妖怪会选择袭击的对象。我听说被剥下脸皮的都是容貌美丽的年轻男女。"

"原来如此……"

既然如此,他们还有一招能用。忠义心生一计,向扫部进言。这份用心令扫部连连称赞。

四

区区妖怪,勤练武艺的枫不可能败给它。忠义满怀干劲,命令女儿帮助自己消灭妖怪。

"好……可是……"

"你害怕了吗?要是这点小事都害怕,在大奥里可待不下去啊。"

"……我明白了。"

"好。那我们明晚就去,你只要悄悄带一把短刀,怪物一现身,我就砍了它。"

父命不可违。但枫总感觉心中有些事情放心不下。

第二天早晨,枫醒来拉开纸拉门,吃了一惊。

卖药郎正站在庭院的山石上,目不转睛地盯着她。

"你……你要干什么……"

"不要被妖怪的执念困住。"

枫想问他这话是什么意思,卖药郎却消失了。

虽然为这件怪事伤脑筋，但枫也不能放下日常的家务、练习和学习。像平时一样，她做完早晨的家务开始清扫院子，这时，吉野从隔壁探出头来。

"你今天状态不好啊。"

"你怎么知道的？"

"挥剑的声音不干脆。"

"……吉野，你好像剑术大师。"

枫的话让吉野捂着嘴笑了起来。

"我只是随便说说啦。因为你一脸阴沉地拿着扫把呢。"

"能看出来啊……"

父亲一直嘱咐枫尽量不要表现出喜怒哀乐。俗话说武士三年一笑，意思是武士必须保持泰然，三年才能露出一次微笑，但是枫想，这对年轻女孩来说未免太严格了。

"那你是怎么了？状态这么差。"

枫不知道该不该说，但她实在忍不住了。她把事情的经过告诉了吉野，只是将怪物的残忍行径含糊地带过了。

"好过分。"

吉野感同身受般愤怒地说道。

"那只怪物会做可怕的事，对吧？就算你武艺高强，可一般人谁会让自己的女儿去做诱饵啊？"

"父亲说一般人是进不了大奥的。"

"也许是吧，可是……要不，让我替你去吧？"

第六话 野篦坊

"你在说什么啊？"

"我来当诱饵，小枫你和你父亲在一旁保护我，这样说不定能见到那只怪物。"

"你不害怕吗？"

"我还挺喜欢这类戏剧和讲谈的呢。"

但这不是舞台上演的、说书场里讲的故事。没办法，枫只好坦陈那只怪物会剥下年轻姑娘的面皮。吉野听完脸色苍白地摇了摇头。

"那就更不能让你去冒险了，不是吗？"

"我也这样想，可是反过来说，这件事只有我能做到。而且本乡附近就是母亲和姐姐失踪的地方。"

"小枫，你果然很厉害……可是你一定要平安回来啊。"

吉野伸出小拇指。枫和那柔软的小拇指拉着钩，保证会平安回来。

晚上，枫身穿男式窄袖便装，手握双刀，跟着父亲走出了宅子。以年轻姑娘的装扮露面更容易引出怪物，可是枫还不知道敌人会如何行动，因此恳求父亲允许自己穿方便战斗的衣服。

夜路上父亲一言不发。

哪怕父亲只是说一句抱歉让你当诱饵，枫都会勇敢一些。然而父亲最讨厌的就是表达自己的情感。枫现在格外想见到母亲和姐姐，想钻进她们柔软芬芳的怀抱中歇息片刻。

这种时候还在想这些无聊的事情，都是因为修炼得不够，枫内心自责。

很快就到了本乡附近。过了前田家的红门，气氛渐渐变得不同。眼前依然是武士宅院的围墙和零星的柳树，却总有些奇怪。

"父亲大人……"

"从这里开始，你一个人走。"

"可是……"

"我一定会保护你。"

父亲的声音很严厉。怪物很可怕，但父亲的叱责更可怕。枫鼓起勇气迈出一步。无论怎么修行，害怕的东西就是害怕。虽然枫修了在黑暗中视物的本事，可她本来就讨厌黑暗。

枫放松双手垂在身侧，以便随时拔刀，她微微沉下腰，一步步向前挪动。这时——

"留下来。"

耳边响起声音。枫压住险些脱口而出的惨叫，一把拔出刀。锐利的刀风划破黑暗，却没有砍到任何东西。

"留下来。"

声音又从另一个方向传来。枫害怕得膝盖直发抖。这片黑暗中有什么东西。残忍的怪物会剥下年轻姑娘的脸，它的爪牙正在瞄准自己。

怪物一现身，父亲应该就会出现，可枫感受不到父亲的气息。枫想呼唤父亲，但恐惧让她发不出声来。这种时候惊慌失措的人如何能成大事？

父亲没有来救她，但出现了卖药郎的身影。枫想呼救，却被怪物的手捂住了嘴。

第六话　野篦坊

"留下来，留下来。"

那股腥臭味像是野狗。但听着怪物不断地低语，枫产生了一种异样的心情。恐惧消失了，她仿佛闻到一阵令人怀念的香气。她想起了那香气的主人，眼泪流了出来。

"姐姐。"

枫轻轻呼唤。

咔嚓，退魔剑响起。

"真……已得。"

卖药郎轻声说。

"我会留下来的。姐姐想要的东西，就从我这里拿走吧。脸皮、灵魂，姐姐拿去会更好。"

一度远去的气息再次靠近，接着，枫被一双柔软的手臂紧紧抱住。四周已没有了怪物的腥臭味，只有姐姐和母亲温柔的香气。卖药郎直直注视着气息消失的方向。

五

自从那天之后，本乡前田藩邸附近的可怕怪物失去了踪影。堀田扫部大为欢欣鼓舞，褒奖了忠义一番。扫部看着枫眯起了眼睛，她现在是大奥的见习女官，穿着符合女官身份的服装。

"果真是继承了母亲的美貌。你与父亲齐心协力消灭妖怪的沉着和勇气，一定能帮到将军和御台所[10]大人。"

枫双手触地，行了一礼。

"您过奖了。能帮到若年寄大人，是我的荣幸。"

扫部点了点头：

"忠义，你也很好地完成了任务。作为书院番同心[11]，你做得非常好。从今以后，希望你作为书院番与力成为大家的榜样，继续努力。"

扫部说完，亲手将酒杯递给两人。

"让我们举杯庆祝吧。你成了书院番与力，女儿当上了大奥女官，东条家还从没遇到过这么值得庆祝的事情呢。再加上明天的好事，要好好庆祝一番。"

"枫，喝一杯吧。"

枫在扫部的劝诱下喝了一口。

"忠义也来吧。"

扫部喝干了杯中的酒，忠义也紧随其后，品尝着美酒。几杯酒下肚，忠义摇摇晃晃地想要起身。

"怎么回事，以我的酒量，不该喝这么几杯就醉了啊？"

"你跟妖怪正面接触了，而且记挂着女儿进大奥的事，神经绷得太紧了吧。今天什么都不用想，好好休息吧。"

"这……这可不行。我去方便一下，冷静冷静。"

走廊传来有人倒下的声音。

"真不愧是击退了妖怪的人……"

第六话　野篦坊

而枫的身体也有些摇晃。

"说起来，枫，你出落得可真漂亮啊。"

"扫部大人，我有一件事情想问您。"

"随便问。"

"刚才您说我像母亲一样漂亮。听到您这样说，我实在很高兴，不过，您认识我母亲吗？"

扫部脸上和蔼的表情僵住了。

"啊，这个嘛……我的意思是既然你这么漂亮，你母亲一定也很美吧，不要想太多。"

"您又说这种无情的话。把我母亲的脸，还有我姐姐的脸贴在自己脸上化身成美女，明明让您那么开心。"

枫低着头静静地说。

"……你说什么？"

"站在十字路口，剥下喜欢的年轻男女的脸。厌倦之后再去寻找新的猎物……您都爬到若年寄的位置了，追求美的欲望还没得到满足吗？"

扫部悄悄站起身来，就在这时，纸拉门外面传来呢喃声。

留下来，留下来……

那声音既像啜泣又像呻吟，微弱但执拗，开始笼罩整个房间。

"你被妖怪附身了吗？"

"并非如此,是对您的恨意让我变成了物怪。"

枫摸了一把脸,那里变成了空空如也的雪白肌肤。

"咿——"

扫部不禁惊叫出声,他抓过身旁的太刀断然挥向枫的脖子。但那一击被某种柔软的物体挡住了。

是肉柱。肉柱将枫裹起来保护着她,光滑细腻的肉柱上没有留下一丝伤痕。

"母亲,谢谢。"

没有脸的女儿道谢。

"我们一直在寻找,寻找让我们母女受苦,夺走我们的脸,夺走我们性命的人。"

肉柱保护着曾经是枫的人,上面浮现出一张脸,是东条忠义的妻子。见到这张女人的脸,扫部一屁股跌在了地上。

"椿……椿……我不想杀你的。我是真的爱上了你。谁让你们那时经过那里,你们自找的!而且你要是接受我,就不会被杀了。"

"是你让无罪之人受苦,接受惩罚吧。"

融化的肉柱缠住扫部,将他吞了进去。扫部的哀号几乎被吞没时,肉柱突然断成了两半。扫部浑身是血,呕吐着滚了出来。

"理,已现。"

第六话　野箆坊

卖药郎退魔剑剑柄上的狮子咔嚓一声咬紧牙关。扫部抬起头，看到一名剑士的身影，不是忠义。他结实的肉体上浮现出神秘的花纹，浑身散发着像白色火焰一样的斗气。

巨剑一次次砍向肉柱，但柔软的肉柱一次次吸收了斩击。每吸收一次，肉柱就增厚一层，直到将卖药郎整个吞没。

"留下来。"

声音再次响起。那声音中既没有愤怒也没有憎恶，只有悲伤。

"母亲，姐姐，都放下好吗？"

肉柱不动了。

"我会留在这里，所以，都放下吧。"

肉柱上浮现出枫的脸。

"枫，你可以不去大奥，可以不待在父亲身边吗？"

竹问道。

"我肯定不如母亲和姐姐那样聪明美丽，"肉柱里传出枫的声音，"所以还是让姐姐回去比较好。"

竹盯着卖药郎。

"我是物怪吗？"

"形、真、理已现。"

卖药郎点头回答。

"我已经不是人了，但是我也不再有遗憾了。我们还看到了枫长大的样子，已经很好了呀，母亲。我们才应该留下来。"

肉柱喷出某种液体。液体慢慢变成人形，变成婴儿，变成少女，变成女人。变化完成后，竹对卖药郎点了点头。肉柱里伸出的手臂紧紧抱住竹，那手臂被卖药郎一剑斩下。

　　肉柱变作山茶花四下飞散，堀田扫部的宅子重归寂静。忠义总算醒了过来，呆呆望着凌乱的宅子。听卖药郎说完事情的经过，他紧紧抱住女儿，仿佛用尽了全身的力气，流着泪道歉。

※

　　进入大奥的那天早晨，枫的生活一如往常。为父亲准备早餐，打扫屋子，看着院子叹气。不同以往的是，做完早晨的家务后，她就要换上一身盛装走进江户城了。

　　旗本的女儿以大奥女官的身份进城，不会有人迎接，没有盛大的排场。但盛装打扮的枫美丽夺目，仿若在朴素的旗本宅邸中盛放的鲜花。

　　"小枫果然很漂亮啊。"

　　吉野在围墙的缺口处发出感叹。

　　"才没这回事呢，是和服和化妆好看。"

　　"你要进城了啊，我会寂寞的。"

　　"嗯……但这是父亲的愿望，母亲和姐姐也一定会支持我的。"

　　"不过我好开心，因为你信守了约定。"

　　"约定？"

第六话　野篦坊

"消灭妖怪，然后平安回来的约定。"

"……嗯，是啊。能平安回来真好。我该走啦。"

"偶尔也要给我写写信啊。"

枫微笑着点了点头，缓缓走向前去。从前市井姑娘的那份活泼消失了，侍奉天下之主的女性的气度早早表现出来。自己的朋友就要不见了，吉野情不自禁呼唤枫的名字。朋友转过头来，那张脸上什么都没有。没有眉毛，没有眼睛，没有鼻子，就连嘴巴都消失了。

---

1 直参旗本：直接隶属于幕府的武士。
2 若年寄：江户幕府仅次于"老中"的官职，与管理全国政务的老中相对，若年寄负责管理幕府内部事务。
3 书院番组：江户幕府五番方之一，隶属于若年寄，负责江户城的警卫和将军外出时的护卫。
4 大奥：江户城内将军夫人及妾室的居所。
5 居合术：也称"拔刀术"，即借拔刀出鞘的力度一击斩杀敌人。
6 御年寄：大奥中级别最高的女官。
7 小普请：江户幕府职名，负责宅邸营造、修缮等。
8 西之丸：日本城堡中心的郭称为"本丸"，本丸西侧的郭则称为"西之丸"。
9 神隐：人突然失踪后，解释为被神明等超自然力量藏起来了，称为"神隐"。
10 御台所：古代日本对大臣和将军正室的称呼。
11 同心：江户幕府职名，辅佐与力的武士。